나이 따위,
잊고 삽니다

NENREI WA SUTENASAI

by SHIMOJU Akiko

Copyright © 2019 SHIMOJU Akiko

All rights reserved.

Originally published in Japan by GENTOSHA INC., Tokyo.

Korean translation rights arranged with GENTOSHA INC., Japan

through THE SAKAI AGENCY and ENTERS KOREA CO., LTD.

이 책은 (주)엔터스코리아를 통한
저작권자와의 독점계약으로 도서출판 이터에서 출간되었습니다.
저작권법에 의해 한국 내에서 보호를 받는 저작물이므로 무단 전재와 복제를 금합니다.

나이 따위,
잊고 살랍니다

시모주 아키코 지음
권영선 옮김

이터

이른 봄, 나가노에 사는 친구에게서 메일이 왔습니다. 아침 기온
이 0도로 아직 추운데 벌써 제비 한 쌍이 전깃줄에 날아와 앉아
노래를 한다고 하였습니다.

자연을 거스르지 않고 느긋하게 때가 되면 찾아오는 철새들은
자기 나이 따위는 신경 쓰지 않습니다. 원래부터 나이를 알지 못
하기 때문입니다. 그렇다고 계절을 착각하는 경우는 없습니다.

해 질 녘이 되면 비둘기나 찌르레기가 무리를 지어 나무 사이
사이, 나뭇가지 끝을 스치며 둥지로 돌아옵니다. 그리고 동틀 무
렵 일어나 해가 지면 잠에 빠져듭니다. 그들에게도 나이 따위는

상관없습니다.

새들의 그런 생활이 어쩐지 부럽기도 합니다. 우리는 항상 무언가에 갇혀 느긋하게 하늘을 나는 것을 잊고 살아갑니다. 정해진 틀이 있는 것도 아닌데 스스로 자신을 옭아매곤 합니다. 그런 것에서 벗어나고 싶다는 생각을 줄곧 해왔습니다.

'적어도 나이만이라도 잊고 살 수 있다면…….'

지난해, 이치로 선수는 은퇴 기자회견에서 자신의 삶의 방식에 대해 이야기했습니다. 진지하게 하나하나 생각하면서 기자들의 질문에 대답한 그는 앞으로도 게으름을 피우지 않고 한 발자국씩 자신의 길을 걸어가겠다는 명언을 남겼습니다. 성공을 하든 말든, 좋아하는 일을 향해 나아가는 것의 중요함을 강조하였습니다.

자기 나름의 방식으로 노력을 거듭하는 것 말고 후회 없는 삶을 사는 방법이 또 있을까요? "10년간 200안타를 친 것이나, MVP 또는 올스타로 뽑힌 것 등은 사소한 것에 지나지 않습니다"라는 그의 말은 설득력이 있었습니다. 이치로 선수는 이런 생각을 은퇴 기자회견 자리가 아닌, 현재 일본 야구 국가대표팀 감독을 맡고 있는 이나바 아쓰노리와의 인터뷰에서 일찍이 이렇게 말하였습니다.

"몇 살까지라는 식으로 나이에만 얽매인다면 인생이 우울하지 않겠습니까?"

그렇습니다. 이치로라는 야구를 사랑하는 사람에게 있어서 나이는 아무 상관이 없는 것입니다.

"앞으로도 저의 인생은 담담하게 흘러갈 것입니다. 그것이야말로 의미가 있습니다."

그렇게 말하는 이치로 선수의 눈은 따뜻하면서도 후련해 보였습니다.

'나이 따위, 잊고 사는 것'은 누구에게나 가능한 것은 아니지만 누구나 할 수 있는 것일지도 모릅니다.

시모주 아키코

차례

들어가는 말 ⋯ 5

1장
나이라는 요물

사람들은 왜 남의 나이를 궁금해할까? ⋯ 17
나이를 묻는 것은 예의가 아니다 ⋯ 20
자신의 환갑을 반가워할 사람이 있을까? ⋯ 22
내 나이, 내 마음대로 정해도 되지 않을까? ⋯ 25
자립한 순간부터 나이를 세야 하지 않을까? ⋯ 29
왜 나이가 들면 고독한 걸까? ⋯ 32
노인이라고 관리하려 들지 마! ⋯ 36
말 많은 늙은이를 누가 좋아하겠는가? ⋯ 39
때론 오르막길보다 내리막길이 더 어렵다 ⋯ 43

2장
살아가는 데 나이가 무슨 상관이라고?

취직하는 데 나이가 무슨 상관? … 51

나이가 들어도 일은 계속 하고 싶은 마음 … 54

나이 들었다고 자포자기할 필요 없잖아? … 57

남은 인생 중 오늘이 가장 젊은 날 … 60

왜 매스컴에서는 나이를 밝히는 것일까? … 63

나이 많다고 임대도 마음대로 할 수 없다니! … 68

나이가 들면 생각지 못한 곳에 돈이 나간다 … 73

죽음 앞에서 나이가 무슨 상관? … 78

결혼하는 데 나이가 무슨 상관? … 81

나이가 들어도 사고방식은 변하지 않는다 … 85

왜 나이 차이 나는 결혼은 거의 여자가 어릴까? … 88

만나는 사람은 어릴수록 좋다 … 91

3장
나이와 함께 인생을 배우던 시절

남달랐던 어린 시절, 남달랐던 감성 ··· 97

처음 경험한 친구의 죽음 ··· 102

때때로 고인을 기억하며 이야기한다는 것 ··· 106

충격적인 은사의 자살 소식 ··· 108

오로지 책만 읽던 대학 시절 ··· 113

너무 바쁘면 나이도, 시간도 멈추는 듯 ··· 117

사랑도 잃고 일도 잃었던 내 인생의 공백기 ··· 121

목적만 달성하는 인생은 재미없지 ··· 126

이집트에서 진짜 인생을 배우다 ··· 130

60살, 좋아하는 일을 시작할 나이 ··· 133

이제부터 내 나이는 영원히 60살 ··· 136

나이 따위, 신경 쓸 여유가 어디 있어? ··· 141

'옛날 사람'이라니, 설마 내가? ··· 145

생년월일이 뭐 그리 중요하다고 ··· 148

모임에 나오는 사람이 하나둘 줄고 있네 ··· 151

4장

누가 뭐래도 나는 아직 청춘

청춘은 마음먹기 나름이다 … 157

계속 젊어 보이는 건 불가능하지 … 161

공상을 즐기는 나는 아직도 청춘 … 166

젊어 보이려 나이를 속이는 인간의 심리 … 170

감성이 풍부한 사람은 늙지 않는 법 … 173

늙으나 젊으나 겉모습이 중요하다 … 178

나이 먹을수록 질 좋은 것을 써라 … 180

젊은 사람들을 위한 방송뿐인 TV … 184

나이가 들어도 목소리는 변하지 않는다 … 187

노인복지시설에 자유 따윈 없다 … 191

5장
나이 따위, 잊고 살면 그만

내 삶도, 나이도 내가 결정한다 … 197

자기 관리를 잘하면 인생이 더 재미있다 … 199

내시경은 죽을 때까지 안 할 테다 … 203

나이에 집착할 필요 없잖아 … 206

나이 많다고 무시하지 마 … 209

나만의 즐거움을 찾는 것이 건강의 비결 … 214

나이를 잊게 하는 순수한 마음 … 219

나가는 말 … 225

1장

나이라는
요물

'스스로 생각해서 선택하고 행동하자.'
그렇게 자각한 것이 초등학교 3학년 때.
저는 그때의 저를 0살이라고 정하고 싶습니다.
이때가 저에게는 원점이고, 이때부터 지금의 저에게로
향하는 길이 시작되었기 때문입니다.

"나이가 어리고 생각이 짧을수록
물질적이고 육체적인 삶이 최고라고 여기는 법이며,
나이가 들고 지혜가 자랄수록
정신적인 삶을 최고로 여기는 법이다."
_톨스토이

사람들은 왜
남의 나이를 궁금해할까?

대체 왜 사람들은 남의 나이를 알고 싶어 하는 걸까요? 이렇게 말하는 저 역시 누군가의 이야기를 들을 때면 반드시 나이를 묻곤 합니다.

"그분은 몇 살이지요?"

무슨 생각을 하는 사람인지, 어떤 감성을 가진 사람인지 아무것도 모르면서 무의식적으로 나이를 묻게 됩니다. 그리고 질문을 받은 사람도 당연하다는 듯이 그 사람의 나이를 가르쳐주거나, 잘 모르면 인터넷을 뒤져서라도 답을 해줍니다.

남의 나이를 아는 게 어떤 의미가 있는 걸까요? 도대체 무엇이 알고 싶은 걸까요? 나이를 알면 어쩐지 안심이 되는 걸까요? 그저 자신이 만들어놓은 카테고리 안에 그 사람을 끼워 넣는 것뿐일 텐데요.

물론 어떤 사람을 파악하는 데 필요한 외적 정보 중 최고는 나이라고 할 수 있습니다. 그러니까 우선 나이를 알고자 하는 것입니다.

우리는 자신의 나이와 비슷한 사람을 보면 친근감을 느끼거나, 동시대를 살아온 것에 대한 동질감을 갖기도 합니다. 이는 확실히 일리가 있습니다.

저는 1936년 5월 29일에 태어났습니다. 그리고 일본의 국민 가수 미소라 히바리 씨의 생일은 1937년 5월 29일로 저와 태어난 날이 같습니다. 저는 노래방에 가면 늘 히바리 씨의 노래를 부르곤 합니다. 또 중학생 시절에는 히바리 씨의 노래를 너무 많이 불러서 일주일간 목소리가 전혀 안 나온 적도 있습니다. 저에게 히바리 씨가 특별한 가수로 여겨지는 것에는 생일이 같다는 이유도 포함되어 있다는 사실을 부정할 수 없습니다.

잘 생각해보면 생년월일이라고 하는 것은 단지 호적에 기재되어 있는 것일 뿐, 그날 태어난 것을 본인은 전혀 자각하고 있지 않습니다. 세상에 태어난 순간의 일을 갓난아기였던 자신이 알수는 없습니다. 생년월일이 진짜인지 아닌지 스스로 기억해낼 방법은 없고, 그저 부모님이 알려주신 대로 믿을 뿐인 것입니다.

실제로 과거에는 아이가 연말에 태어났을 때 부모가 다음해 1월 1일로 호적 신고를 하거나, 주변 사정으로 인해 생년월일이 바뀌는 경우가 종종 있었습니다. 그런데도 자신의 생년월일을 단지 호적에 기재되어 있는 그대로 믿거나, 혹은 억지로 믿어버리려 하는 것은 아닐까요? 스스로 확인할 수도 없는 자신의 나이라고 하는 정보에 무게를 두는 것은 무의미한 일입니다.

나이를 묻는 것은
예의가 아니다

나이를 신경 쓰는 것은 별로 의미가 없습니다. 그럼에도 불구하고 대부분 이를 깨닫지 못하고 '나는 몇 살', '너는 몇 살'이라는 것에 얽매이곤 합니다.

어떤 사람을 규정하는 것에는 몇 가지가 있지만 나이로 알 수 있는 것은 그 사람의 내면이 아니라 어디까지나 외면에 불과합니다. 그런 것에 얽매이는 것은 참으로 무의미합니다.

나이는 남의 것이 아닌 나만의 것이니 내 마음대로 하면 되지 않을까요? 다른 것에 의해 결정된 나이를 진짜 나이라고 믿어도 되는 것일까요? 저는 가능하면 그것을 거부하고 스스로 정한 나이에 따라 살아가려고 합니다. 특히 나이가 들어가면서 그런 느낌이 더 강해졌습니다.

제 보험증에는 '후기 고령자'라는 글씨가 커다랗게 쓰여 있습니다. 저는 그것을 볼 때마다 기분이 별로 안 좋아집니다. 그렇게 불길하다는 듯이 저를 주의 대상의 틀에 끼워 넣지 말았으면 합니다. 그런 식으로 적어놓지 않아도 저는 난폭운전을 하거나 남에게 민폐를 끼치지 않습니다.

저는 시모주 아키코라는 한 사람으로서 스스로 나이를 잘 먹어가고 있으니 아무 걱정 하지 않아도 됩니다. 그렇지만 세상에서는 이것이 통용되지 않는다는 것을 저도 잘 알고 있습니다.

저는 여든둘이라는 나이에 묶여 있다고 생각하면 서글퍼집니다. 저라는 사람의 내면은, 나이라고 하는 것 앞에서는 어떤 평가도 받을 만한 가치가 없는 것일까요?

우리가 무의식중에 남의 나이에 관심을 갖고 물어보는 것은 그 사람이 서 있는 위치를 확인하는 행동인 동시에 그 사람을 나이라는 외적 조건으로 단정 짓는, 예의 없는 행동이라는 것을 명심해야 합니다.

자신의 환갑을
반가워할 사람이 있을까?

 한 20년 전쯤 일입니다.

딩동!

초인종 소리에 문을 열었더니 낯선 여자가 말없이 10만 원이 든 봉투를 건넸습니다.

"이게 뭔가요?"

"구에서 드리는 축하금입니다."

"어떤 축하요?"

그 순간 바로 깨달았습니다. 그때가 9월 중순쯤으로, 집 앞의

가을꽃이 향기를 내뿜기 시작할 때였습니다. 일본에는 '경로의 날'이라는 것이 있는데, 그날에 맞춰 구청에서 찾아온 것이었습니다.

저는 잠시 생각해본 뒤 그것을 받지 않고 기부를 하겠다고 말했습니다. 저는 아직까지 일을 하며 스스로 돈을 벌 수 있기 때문에 더 필요로 하는 사람에게 주는 것이 좋겠다고 생각하였습니다.

제 말에 그 여성은 실망한 듯한 표정으로 돌아갔습니다. 도대체 제가 얼마나 기뻐할 거라고 생각했던 걸까요? 저는 환갑이 되었다고 해서 갑자기 노인 취급을 하는 것이 도무지 납득되지 않습니다.

얼마 전 일입니다. 건강보험증을 잃어버려 주민센터에 전화를 하였습니다. 그때 가장 먼저 제 나이를 물었습니다. 저는 어쩔 수 없이 '여든둘'이라고 대답했습니다. 그러자 전화를 받은 여성이 "조금만 기다려주세요. 담당자를 바꿔드리겠습니다"라고 말하였습니다. 주민센터에서는 80세 이상이나 75세 이하에 따라 담당자가 바뀌는 듯하였습니다.

건강보험증을 재발급 받기 위해서는 주민센터에 직접 가는 방법과 우편으로 받은 서류에 필수 사항을 적어서 다시 보내는 방법, 두 가지가 있었습니다. 몸이 불편한 사람을 위한 서비스일 수도 있지만 어쩐지 거부감이 조금 들었습니다.

배송된 서류에는 이름과 생년월일, 또 하나 개인식별번호(일본판 주민등록번호)를 기입하는 칸이 있었습니다. 저는 개인식별번호 카드를 일단 가지고 있기는 하지만 번호를 매기거나 번호로 불리는 것은 좋아하지 않는다는 뜻을 전화로 전하자, 개인식별번호를 적지 않고도 무사히 보험증을 받게 되었습니다.

우리는 한 사람의 개인으로서 자신답게 살아갈 권리를 헌법으로 보장받고 있습니다. 저는 최소한 숫자 같은 것으로 관리되고 싶지는 않습니다. 가능한 기호로 관리되거나 구속당하지 않고 한 사람의 개인으로서 자유롭게 살아가고 싶습니다.

내 나이, 내 마음대로
정해도 되지 않을까?

　　"남의 나이를 함부로 물어봐서는 안 돼. 사람들마다 각자의 사정이 있는 거니까."

　제가 어릴 적에 어머니는 이렇게 말씀하셨습니다. 그때는 그 말의 의미를 잘 몰랐습니다.

　'각자의 사정이란 게 뭘까?'

　단순하게 나이는 정해져 있으니까 어떤 사정에 의해 좌우될 리가 없다고 생각하였습니다. 그러다 나이가 들어가면서 그 말 뜻이 조금씩 이해가 되었습니다.

저는 초등학교 2학년과 3학년 때 결핵으로 학교에 가지 못하고 집에서 요양을 해야 했습니다. 당연히 학교에 다시 돌아왔을 때에는 2년 뒤처져 있을 수밖에 없었습니다. 저는 남들보다 뒤처진 것이 부끄러워 그때 처음 사람들이 왜 나이를 속이고 싶어 하는지 이해하게 되었습니다. 제가 초등학교 3학년 때 태평양 전쟁이 끝났는데 그 당시에는 다른 아이들도 학교에 착실하게 다닐 수 없었기 때문에 선생님께서 그대로 진학을 해도 좋다고 말씀해주셔서 다행히 문제는 잘 해결이 되었습니다.

'사람마다 각자의 사정이 있다.'

그 단면을 맛보는 계기가 되었습니다.

최근에는 인터넷이나 SNS에 온갖 정보들이 넘쳐나면서 나이를 사칭하는 것이 비판의 대상이 되고 있습니다. 그런데 그 사람에게 나름의 사정이 있다면 꼭 실제 나이를 밝힐 필요는 없지 않을까요? 진짜인지 아닌지 정확히 알지도 못하면서 호적에 기재된 나이 때문에 괜히 남들에게 비난을 받을 이유는 없다고 생각합니다.

나이를 사칭해도 나쁠 것 없지 않나요? 본인이 그렇게 하고 싶다면 남에게 피해를 주지 않는 한 서로 관용을 베풀어야 합니다. 그것을 억지로 들춰내거나 거짓말쟁이 취급을 하는 것은 삼가야 합니다.

　멋대로 남의 나이를 묻는 사람은 알고 보면 그저 자신과 비교를 하고 싶은 것뿐일지도 모릅니다. 자기가 더 젊다는 것, 나이는 같지만 자신이 더 젊어 보인다는 것 등 대수롭지 않은 우월감에 빠져들 빌미를 찾으려는 것뿐입니다.

　남의 나이에 신경 쓰는 사람은 나이로만 그 사람을 판단하고 그 사람의 내면에는 관심을 갖지 못할 수 있습니다. 외관만으로 그의 모든 것을 판단하고 혹시라도 거짓말을 하면 철저하게 혼내주려는 것이지요. 인터넷상에서 다수의 의견이 늘 맞는 것은 아닙니다. 오히려 소수파의 사람들이야말로 본심을 말하는 경우가 많습니다.

　남의 나이에 지나치게 신경을 쓰고 물어보는 사람일수록 실은 자신의 나이를 제일 신경 씁니다. 도대체 자신이나 남의 나이에 왜 그렇게 신경을 쓰는 걸까요? 나이에 그렇게 신경을 쓰면서 자신은 어떻게 되고 싶은 걸까요? 언제까지나 소녀 같기를 원하는 걸까요? 자신만 품위 있게 나이 든 노부인처럼 되고 싶은 걸까요?

　실제 나이는 아무리 거부해도 일 년, 일 년 겹겹이 쌓여갑니다. 살아간다는 것은 그것을 보증하는 것이기도 합니다. 하지만 제가 생각하기에 나이에는 관공서에 기록되어 있는 외적 나이와 자신이 만들어낸 내적 나이, 두 가지가 있습니다. 자신이 이상적으로 생각하는 나이를 가지각색으로 떠올려보는 것도 삶의 재미 중 하나입니다. 그리고 그것을 내가 정한 내 나이라고 생각하면 되는 것입니다.

자립한 순간부터
나이를 세야 하지 않을까?

제가 나이를 처음 자각한 것은 1945년, 전쟁이 끝난 직후였습니다. 서류상에 적힌 생년월일은 1936년 5월 29일이었지만 제 기억에는 없었습니다. 그즈음 저는 이른바 착한 아이였던 것 같습니다. 아직 자아에 제대로 눈뜨지 못하고 있다가 패전으로 인해 확실히 깨닫게 되었습니다. 그전까지의 시간을 제 나이에 포함시키는 것을 저는 납득할 수 없습니다. 자신의 머리로 생각해서 자신의 의지로 선택해 스스로 행동하게 된 날이 저의 진짜 생일이라고 생각합니다.

패전할 당시 저는 아홉 살, 초등학교 3학년이었습니다. 전쟁 탓에 학교에서 받은 교과서는 모두 까맣게 변해 참혹했고, 읽을 수 있는 부분은 몇 줄 안 되었습니다. 매일 조례시간에는 전쟁에 대한 이야기를 하시는 교장선생님을 시작으로, 전선에서 겨우 살아 돌아온 선생님들이 이전과는 전혀 다른 발언을 하셔서 우리 어린이들은 당황스러웠습니다.

'왜, 어째서?'라고 물어도 선생님이나 부모님, 주변 사람들은 명확히 대답해주지 못했습니다. 그들 자신이 혼란 속에 있었기 때문입니다. 아무런 대답도 들을 수 없었기에 우리 어린이들은 스스로 생각하지 않으면 안 되었습니다.

전쟁에서 지고 나서 승전국인 미국의 사고방식이나 가치관을 그대로 따르지 않으면 안 된다는 것은 어렴풋이 알았습니다. 민주주의라는 귀에 익숙하지 않은 말도 빈번히 등장하였습니다. 누구도 확실히 그 뜻을 파악하지는 못했지만.

아버지는 군인이라는 직업을 가지고 있었습니다. 아버지는 그 전쟁은 실수였다고 말씀하신 적도 있지만, 전쟁 후 일본이 부흥함에 따라 일찍이 군인 시절의 사고방식으로 돌아가셨습니다.

학교에서는 군인의 딸이라는 이유로 따돌림을 당했습니다. 사면초가의 상황 속에서 저는 결의를 다지지 않으면 안 되었습니다. 눈앞에서 돌변한 어른들은 이미 신뢰할 수 없었습니다.

'나는 스스로 살아가지 않으면 안 된다. 스스로 생각해서 선택하고 행동하자.'

그렇게 자각한 것이 초등학교 3학년 때. 저는 그때의 저를 0살이라고 정하고 싶습니다. 이때가 저에게는 원점이고, 이때부터 지금의 저에게로 향하는 길이 시작되었기 때문입니다.

왜 나이가 들면
고독한 걸까?

샬롯 램플링이라는 여배우가 있습니다. 영화 〈45년 후〉나 〈한나〉 등에 출연한 그녀는 나이가 들어가는 것을 감추기는커녕 그것으로 오히려 승부를 보고 있는 연기파 배우로, 제가 무척 좋아하는 배우입니다.

〈45년 후〉는 결혼 45주년을 앞둔 부부에게 일어난 어떤 사건을 주제로 하고 있습니다. 남편이 젊은 시절 결혼을 약속했던 연인이 알프스에서 목숨을 잃었는데 그 시체가 45년 만에 언 채로 발견이 됩니다. 그 사실을 알게 된 남편의 모습을 보고 그의 마음이 자신에게서 멀어져 더 이상 함께 살 수 없다고 생각한 아내가 결혼 45주년 기념 파티가 끝나자마자 혼자서 살아갈 결심을 한다는 내용입니다. 스토리도, 그녀의 연기도 훌륭한 영화입니다. 아니나 다를까, 그녀는 여러 영화제에서 연기상을 독차지했습니다.

그 후 〈한나〉라는 영화가 개봉을 했습니다. 나이 든 여성이 홀로서기를 한다는 주제는 〈45년 후〉와 비슷하지만, 이 영화는 램플링이 연기한 한나라는 여성이 스크린에 계속 나오고 범죄를 저질러 교도소에 수감된 남편은 이따금씩 등장하는 무거운 내용입니다.

남편이 체포된 이후 한나는 사회 곳곳에서 차단을 당하게 됩니다. 손자의 생일에 맛있게 만든 피자를 들고 찾아가지만 손자의 아버지인 자신의 아들에게서 두 번 다시는 찾아오지 말라며 거절을 당합니다. 또 스포츠클럽에서는 기한 만료라는 통보를 받고, 그동안 해오던 가사도우미 일도 그만두고, 젊은 사람들과 뒤섞여 즐겁게 하던 연기 공부도 덧없어지고 노후를 오직 혼자서 보내게 된 상황을 깨닫습니다.

지극히 평범한 주부였던 한나의 생활은 하나의 사건으로 인해 눈 깜짝할 사이에 산산조각이 나고, 남겨진 개의 새 주인을 찾아주고서 그녀는 홀로 지하철역 계단을 내려갑니다. 그 장면이 꽤 길어서 인상적이었는데, 마치 그녀 자신의 마음속으로 걸어 들어가는 듯한 느낌이 들었습니다.

하이힐 소리가 울려 퍼지고, 아무도 없는 지하철역 계단을 내려가면서 한나는 무슨 생각을 했을까요? 앞으로의 혼자만의 생활, 그것은 죽음으로의 길도 함축하고 있어 그녀는 마음속으로 흔들립니다.

한나는 일흔 전후로, 샬롯 램플링의 실제 나이 일흔셋과 비슷합니다. 앞으로 남은 시간 동안 한나의 삶은 분명 괴롭고 쓸쓸하겠지요. 일반적으로 생각하는 행복과는 거리가 멀 것입니다.

계단을 다 내려가서 한나는 들어오는 지하철을 탑니다. 이는 곧 새로운 첫걸음을 내딛었다는 것을 뜻합니다. 즉, 한나는 고독을 맞이할 각오를 하게 된 것입니다.

고독과 쓸쓸함은 전혀 다릅니다. 쓸쓸함은 감정입니다. 그리고 고독은 혼자서 살아갈 각오입니다. 누구에게도 부담을 주지 않는 자유를 길동무 삼아 한나는 그녀 자신의 길을 발견한 것입니다. 그 첫걸음을 암시하면서 영화는 끝이 납니다.

한나의 심경을 나타내는 상징으로 아주 많은 양의 백합꽃이나 파도에 떠밀려온 바닷가의 고래 사체가 등장합니다. 다른 인물은 거의 등장하지 않고 그때그때 하나의 표정이나 상징적인 경치에 의해 스토리가 전개됩니다. 스토리가 있는 듯하기도 하고 없는 듯하기도 합니다.

나이 든 한 여인이 주변으로부터 거절당해 막다른 길에 몰리는 모습, 이것은 특별한 이야기가 아닙니다. 누구에게나 일어날 수 있는 일입니다.

사람은 혼자서 태어나 혼자서 죽어갑니다. 이 세상에서 일어나는 모든 현상은 죽음을 향해 가는 과정에 불과합니다. 그것을 받아들이면서 나아가는 것, 그것이 나이를 들어가는 것입니다.

고독으로부터 도망치려 하면 오히려 막다른 길에 몰릴 뿐입니다. 다가오는 것은 거부하지 않고 떠나가는 것은 뒤쫓지 않으며, 좋은 것도 나쁜 것도 받아들일 수밖에 없습니다. 그것이 나이를 먹어가는 것입니다.

잔혹하다면 잔혹할 수 있지만 혼자만의 자유를 마음껏 만끽한다면 인생의 새로운 길이 열릴 가능성은 충분히 있습니다. 저는 저의 일생 중에서 지금이 가장 자유롭습니다. 누군가를 신경 쓸 필요도 없고, 느긋하게 죽음에 이르기까지의 시간을 즐기기로 했기 때문입니다.

노인이라고
관리하려 들지 마!

고령자에게 스마트폰은 다른 사람과 이어지는 수단이 됩니다. 저는 원고만은 직접 손으로 쓰지만 SNS의 편리함을 잘 알고 있습니다. 메시지도 주고받고 모든 정보를 곧바로 얻을 수 있어 스마트폰은 싫증이 나지 않습니다. 하지만 아날로그에 익숙한 사람들에게는 좀처럼 가까워질 기회가 없습니다.

노인복지시설에서는 고령자들을 붙들고 예전 상태로 되돌리려고만 하는 듯합니다. 하지만 시설에서도 고령자들이 눈을 반짝일 만큼 새로운 것이나 가슴 두근거릴 만한 것이 필요하다고 생각합니다. 노인복지시설 같은 데서도 사람들을 모아놓고 동요를 부르게 하거나 색칠공부를 하게 하는 등의 유치한 것뿐만 아니라 스마트폰이나 컴퓨터 사용법 등 새로운 것을 가르쳐주는 기회를 제공해주었으면 합니다. 스마트폰에 익숙하지 않은 고령자에게는 젊은 사람들이 잘 가르쳐주었으면 합니다.

알츠하이머병에 대해서도 현재의 대처법을 잘 생각해봐야 합니다. 물건을 잃어버리는 일이 조금 늘었다고 '알츠하이머병이 시작된 것은 아닌지'라고 틀에 박혀 생각하는 것은 옳지 않습니다.

누구나 잘하는 것이 있으면 조금 모자란 것이 있는 것도 당연합니다. 가족이나 주위 사람들이 정말 알츠하이머병이 시작되었다고 여기는 것이야말로 병을 한층 악화시킵니다. 주변에서 자꾸 그런 식으로 대하면 스스로 '내가 알츠하이머병인가?' 하고 생각하기 시작해 마음도 침울해지고, 도전하려고도 하지 않고, 보살핌을 받는 것을 당연하게 여기게 됩니다. 아직 가능성이 충분히 있음에도 의기소침해져서 어떤 것도 하려는 의욕이 생기지 않는 것입니다. 이처럼 어처구니없는 일도 없습니다.

사람은 죽을 때까지 가능성을 지니고 있습니다. 대책 없이 자기 자신이 건강하다고 믿고 느긋하게 살아가자는 것이 아닙니다.

무엇보다 '노인'이라고 하는 올가미에서 벗어나야 합니다. 일부러 붙들어 매려고 해도 나이는 먹게 되어 있습니다.

사람들은 자꾸만 '후기 고령자'라고 세분화하고, 끝내는 알츠하이머병이라는 것으로 구별해 병상에 맞는 시설에 보내는 것으로 해결하려고 합니다. 고령자 역시 아무 말 없이 순응하며 일거에 늙어버립니다.

세상에 관리되는 것만큼 유쾌하지 않은 일도 없습니다. 인간에게는 삶의 마지막 순간까지 관리받지 않고 살아갈 권리가 있습니다.

말 많은 늙은이를
누가 좋아하겠는가?

나이가 들수록 자기 자신을 객관적으로 바라보고 다른 사람에게 민폐를 끼치지 않도록 주의할 필요가 있습니다. 자기 혼자만 우쭐해서 아직 젊다고 생각해도 그것이 꼰대처럼 비춰질 수 있기 때문입니다.

우선 전화할 때 상황을 살펴봅시다.

고령자들 중에는 전화 통화를 할 때 본인 할 말만 하고 자기 멋대로 끊어버리는 경우가 무척 많은 것 같습니다. 교양이 있고 없고를 떠나서 자기가 하고 싶은 말을 다 끝내고 나면 상대에게 할 말이 있는지는 헤아리지 않고 마음대로 뚝 끊어버립니다. 상대가 "저기…"라고 말해도 이미 끊어 들을 수가 없습니다. 상대 입장에서는 통화가 허무하게 끝나버리는 것입니다.

그렇다면 상대는 도대체 몇 번이나 그런 일을 겪는 것일까요? 그런 상황이 계속되면 답답하기도 하고 쓸쓸하기도 하고, 갑자기 마음이 통하지 않는 듯한 기분이 들 수도 있습니다. 그뿐만 아니라 거절당했다고 생각할 수도 있습니다.

아마 나이를 먹으면 어쩐지 남아 있는 시간이 줄어든 것 같아서 본능적으로 마음이 조급해지는지도 모르겠습니다. 자신에게 그러한 경향이 있다는 것을 인지하고 가능한 느긋하게 마음 편히, 의젓하게 대하는 것도 예의인 것입니다.

전화 통화를 할 때에는 항상 상대의 이야기에 귀 기울이도록 노력해야 합니다. 이렇게 말하는 저 역시 제멋대로 끊어버리지 않는다고 단언할 수는 없습니다. 저도 모르게 그럴 때가 있을 것 같아서 제가 항상 주의하는 것이 있습니다. 저는 통화를 하다가 이야기가 다 끝나면 반드시 1, 2, 3을 세고 나서 전화를 끊으려고 합니다. 그러면 혹시 상대에게 더 할 말이 있을 경우 분위기로 알아차릴 수도 있고, 이야기를 하는 사이사이에 간격을 둘 수도 있습니다. 이는 일방적으로 전화를 끊는 실례되는 행동을 예방할 수 있는 아주 좋은 방법입니다.

또 저는 가능한 전화 통화를 길게 하지 않으려고 합니다. 물론 상대에 따라 필요한 말 외에 이런저런 이야기가 계속 이어지기도 합니다.

말을 길게 하는 사람의 특징은 쓸데없는 말을 많이 한다는 것입니다. 특히 중요한 내용일수록 단도직입적으로 말하는 것이 좋습니다. 돌려 말하면 상대가 오히려 화를 낼 수도 있습니다.

최근에는 스마트폰 메시지로 대화를 나누는 경우도 많아졌고, SNS를 활용하는 방법도 있습니다. 활자로 이야기하는 만큼 생각할 시간이 있어서 전화보다 편리하기도 합니다. 다만 스마트폰 메시지의 경우 시간과 장소에 구애받지 않기 때문에 끊임없이 계속하게 될 수 있으므로 주의해야 합니다.

또 한 가지 신경 써야 할 것이 평상시의 대화나 이야기입니다. 한 사람만 혼자서 계속 이야기하며 다른 사람의 시간을 빼앗는 경우도 너무나 많습니다. 보통 대화를 한다면 일방적으로 이야기하는 시간이 아무리 길어도 3분 이내여야 합니다. 그 후에는 상대방에게 이야기할 기회를 주고 자신의 순서가 돌아오면 다시 이야기를 하는 것이 좋습니다. 대화를 할 때 이야기하는 시간이 3분 이상 되면 듣는 사람의 주의력이 흩어지기 쉽습니다.

10분, 20분 혼자서 계속 떠드는, 시간 감각이 떨어지는 사람을 만나면 정말 괴롭기 짝이 없습니다. 그중에는 의외로 말하는 것을 직업으로 삼았던 사람이 많습니다. 아나운서였다면 초 단위의 시간까지 분명 알고 있을 텐데 인사를 부탁하면 이때다 싶은 듯 계속 이야기하는 사람이 있습니다. 정년을 맞아 말할 곳이 없어졌다가 가끔씩 기회가 생기면 그만 우쭐해져서 이야기를 많이 하게 되는 것인지도 모릅니다. 실력 있던 대선배 아나운서의 그런 모습을 보고 있자면 이제 예전처럼 스톱워치가 있어도 실행하기가 쉽지 않은 건지 애처로운 마음이 들기도 합니다.

대화는 서로 주고받는 것이 전제가 되어야 합니다. 말 많은 늙은이는 그 누구도 좋아하지 않는다는 사실을 기억해야 합니다.

때론 오르막길보다
내리막길이 더 어렵다

인터뷰를 하거나 책을 읽다 보면 무언가 깨닫게 되는 것이 있습니다. 아무리 인기가 많아도, 책이 아무리 잘 팔려도 젊은 사람들의 깊이 없는 이야기는 대부분 재미가 없습니다. 반면 나이를 먹고 오래도록 자신의 길을 나름대로 걸어온 사람들의 이야기에는 반드시 울림을 주는 부분이 있습니다. 자기만의 내적인 경험이 쌓여 있어야 다른 사람에게 감동을 줄 수 있는 것입니다.

일본의 유명한 작가 이츠키 히로유키는 '내리막길'에 대해 글을 쓴 적이 있습니다. 그는 인생에는 청춘(靑春), 주하(朱夏), 백추(白秋), 현동(玄冬)의 네 시기가 있고 또 오르막길과 내리막길이 있는데 그중 더 어려운 것은 내리막길을 내려오는 것이라고 하였습니다.

그렇다면 어떻게 자신의 체력과 기력에 맞춰 무리하지 않고 인생의 내리막길을 내려올 수 있을까요?

저는 젊었을 때 다리가 꽤 튼튼한 편이었습니다. 산책하는 것을 좋아해서 어릴 때부터 아슬랑아슬랑 낯선 거리를 걷고, 강가를 끝도 없이 걷거나, 오가는 길을 꼭 달리하는 등 다리가 가는 대로, 마음이 가는 대로 걸어다니는 사이에 굉장히 튼튼해졌던 것 같습니다.

마흔여덟 살부터 클래식발레를 했던 것도 효과가 있었습니다. 고등학교 시절, 발레부에 속했던 적이 있기는 하지만 정식으로 배운 것은 아니었습니다. 그러다가 마흔여덟 살이 되었을 때 50을 앞두고 몸을 움직일 수 있는 것 중 재미있을 만한 것을 찾다가 발레가 떠올랐습니다.

조그만 교실에서 어린아이들과 함께 시작해, 발레 학교에 다니며 60살까지 발레 레슨을 받았습니다. 발표회에서 짙은 화장에 속눈썹을 붙이고 발레복을 입고서 공연을 한 적도 있습니다. 소녀로 돌아간 듯 즐거운 경험이었습니다.

발레를 한 덕분에 등은 지금도 곧게 펴져 있고 몸도 유연합니다. 몸이 막 늙어가기 시작하는 마흔여덟 살에 발레로 단련을 해둔 것이 도움이 되었던 것 같습니다.

너무 높은 산은 오르지 못하지만, 웬만한 등산도 선두에 서서 가뿐히 오를 수 있습니다. 그 대신 내려오는 것은 자신이 없습니다. 산에 오를 때에는 사람들이 저를 뒤쫓아 오지만, 내려갈 때에는 항상 제가 사람들을 뒤쫓아 갑니다. 내리막길이 더 어려운 것입니다.

어느 날 지인이 등산을 가자고 해서 함께 산에 올랐습니다. 그 지역 분들이 뒤에서 밀어주고 앞에서 끌어주며 겨우 절반 정도 올랐을 때 지인이 말했습니다.

"이곳을 정상으로 정합시다!"

그렇게 연중 눈이 녹지 않는 높은 산골짜기와 눈석임물이 괴어 있는 못 근처에서 식사를 하게 되었습니다.

그때도 저는 일행 중 제일 먼저 도착해 지인이 오기를 기다렸다가 그 지역 분들이 준비해온 도시락을 먹고 차도 마셨습니다. 고추잠자리가 날아다녔던 것으로 보아 아마 가을 초입쯤이었던 것 같습니다.

즐거운 티타임이 끝나고 정상으로 향하는 사람들을 곁눈질하며 우리는 하산을 하였습니다. 어쨌든 그곳을 정상으로 정한 이상 내려올 수밖에 없었습니다. 만약의 상황이 걱정되기도 하였지만 지인과 저는 다른 사람의 도움 없이 멋지게 산을 내려왔습니다.

저는 산에 오를 때에는 부지런히 걸어가고, 내려올 때에는 부들부들 떨리는 다리를 부여잡고 겨우 걸어올 수 있었습니다. 그때 깨달았습니다. 내려가는 것이 중요하다는 것을. 이제부터 내려가는 것을 중요하게 여기지 않으면 제대로 살아갈 수 없다는 것을. 앞으로 한 발, 한 발 힘껏 밟아나가지 않으면 안 된다는 것을.

확실히 나이를 먹으면 내려가는 것이 힘들어집니다. 오르는 것은 힘들긴 해도 계단의 손잡이를 잡지 않고 갈 수 있지만, 내려갈 때에는 반드시 손잡이를 꼭 붙잡고 가게 됩니다.

어느 비 오는 날이었습니다. 저희 집 앞 언덕을 내려가 지하철 역 계단을 내려가는데 바닥이 젖어 있어서 그만 쭈르르 미끄러져 떨어지고 말았습니다. 주위에 있던 사람들이 "괜찮으세요?"라고 물어보았지만 바쁜 일이 있었기에 얼른 일어나 지하철을 탔습니다.

다행히 크게 다치지는 않았지만 그때부터 저는 계단을 내려갈 때 손잡이를 꼭 잡고 가고 있습니다. 괜히 젊어 보이려고 무리하다가 내려갈 때 골절이라도 당하면 큰일이니까요.

2장

살아가는 데
나이가 무슨
상관이라고?

"나는 이제 나이 들었으니까……."
그렇게 자포자기하는 것만큼 바보 같은 일도 없습니다.
나이를 핑계로 체념을 일삼는 사람은 자신에게 있는
가능성의 싹을 잘라버리는 것과 같습니다.
그런 사람에게 갑자기 기적이 일어나거나 행운이 따르는
일은 절대 없습니다.

"무언가 큰일을 성취하려고 한다면
나이를 먹어도 청년이 되지 않으면 안 된다."

_괴테

취직하는 데
나이가 무슨 상관?

🌸 젊다는 것은 어떤 것일까요? '청춘'을 노래한 사무엘 울만의 시를 굳이 읊지 않아도 그저 나이만 어린 것이 아닌, 정신적인 젊음을 말한다는 것을 알고 있겠지요. 모두가 젊음을 유지하고 싶어 하지만 현실에서는 그렇지 못한 것 같습니다.

기업들의 구인 현황을 보면 대학 졸업준비생들의 채용이 압도적으로 많은 비중을 차지합니다. 그것은 예나 지금이나 변함이 없습니다. 경험을 쌓은 경력자의 채용 공고도 올라오기는 하지만 역시나 대학 졸업준비생이 압도적으로 유리한 것이 사실입니다.

어떤 색에도 물들지 않은 신입사원을 자기 회사의 색으로 서서히 물들이는 것도 물론 좋을 것입니다. 하지만 나이에 상관없이 채용한다면 여러 개성 있는 사람들이 들어와 회사 분위기가 더 재미있어질 것이 분명합니다.

대학 졸업준비생이 들어가고 싶어 하는 기업에 지원할 때에는 반드시 입사지원서를 써야 합니다. 취업 활동을 하고 있는 학생들은 일단 회사에 다녀본 경험이 없으니 그저 대단한 포부를 갖고서 입사지원서를 쓰겠지요.

대학 교수였던 제 남편은 세미나에 온 학생들의 입사지원서를 볼 때마다 한숨을 내쉬곤 했습니다. 저널리즘을 가르치고 있어 매스컴 분야를 지망하는 학생이 많았는데 어렵지 않게 취업에 성공하는 학생도 있는가 하면, 입사지원서를 몇 차례씩 써도 취업하지 못하는 학생도 있었기 때문입니다.

취업의 문이 쉽게 열리지 않으면 어쩔 수 없이 대학원을 나와 이제 막 졸업한 것으로 보이려 하는 경우도 있습니다. 실업자로 지내는 기간이 길어질수록 좀처럼 취업의 기회가 오지 않기 때문입니다. 1년 동안 실업자로 지내면서 배낭여행으로 세계 이곳저곳을 떠돈 경험을 인정받아 NHK와 아사히신문 양쪽에 다 합격한 학생도 있기는 했지만, 대부분 졸업 후 바로 취업하는 것을 우선시하는 것 같습니다.

경험보다 나이를 먼저 보는 것은 명백한 차별이라고 볼 수 있습니다. 입사지원서는 내용도 중요하게 작용하지만 '제일 먼저 눈이 가는 것은 나이'라고, 오랫동안 방송계에서 인사 담당을 해온 제 친구는 고백하듯 말했습니다. 취직하는 데 나이가 무슨 상관이라고, 이제부터라도 제발 입사지원서에서 나이 항목을 빼버렸으면 하는 바람입니다.

나이가 들어도
일은 계속 하고 싶은 마음

　　중년에 접어든 여성의 재취업은 예나 지금이나 변함없이 어렵습니다. 여성의 재취업 문제가 사회적으로 부각된 지 한참이 지났지만 여전히 출산과 육아 등으로 인해 일을 한번 그만두면 그 후에는 좀처럼 일자리를 얻기가 쉽지 않은 것이 현실입니다. 그 사람에게 아무리 실력이 있어도 지원하는 시점에 이미 탈락이 결정되는 경우가 압도적으로 많습니다. 하지만 사회가 크게 변화하고 있습니다. 고령 인구는 점점 늘고 있고, 100세 시대가 된 지도 오래되었습니다. 그렇다면 그들의 지혜와 경험을 살리지 않을 수 없겠지요?

예를 들어 여든두 살의 제가 지금 취직을 하려고 이력서를 낸들 받아주는 곳이 있을까요? 면접 장소에 제가 나타난다면 마치 희귀한 것이라도 본 듯 불쌍히 여기며 "가족은요?", "남편분이나 같이 사는 사람은요?" 등의 질문을 끈질기게 하고 우리 집의 수입원이나 제 나이 등을 상세하게 파고들 것이 틀림없습니다.

여든두 살에 일을 하는 것이 그렇게 힘들까요? 저는 이따금 글을 쓰느라 일에 쫓기곤 하지만 가능하면 삶의 마지막 순간까지 일을 하고 싶고, 어딘가에서 저를 계속 필요로 했으면 하는 바람을 갖고 있습니다.

저는 어릴 적 앓았던 결핵으로 인해 편두통 등 이런저런 병에 오랜 시간 시달려왔는데 이제는 건강합니다. 지금이야말로 제일 '건강하고 의욕이 넘친다'고 단언할 수 있습니다.

편두통도 나이가 들면서 사라졌고, 일을 하고 있으면 언제나 기운이 납니다. 고령자에게서 일을 빼앗는 것은 빨리 죽으라는 것이나 마찬가지입니다.

회사에서 필요로 하고 활기차게 자기실현을 하면서 살아가는 것이야말로 행복입니다. 아무것도 하지 않고 시설에 들어가거나 할아버지, 할머니라고 불리면서 손자만 돌보는 것이 정말 행복한 삶일까요?

저는 싫습니다. 죽을 때까지 쉬지 않고 제가 할 수 있는 일을 하는 것이 소원입니다. 이렇게 말해도 몸이 말을 듣지 않는다면? 골절이 되면 고정을 하면 될 것이고, 치료가 안 되면 휠체어를 타고 할 수 있는 일을 찾아서 하는 것이 가능할 것입니다. 실제로 저는 골절이 되었어도 휠체어로 이동을 해서 하루도 쉬지 않고 일을 했던 적이 있습니다. 누구에게나 죽음이 찾아올 때까지의 귀중한 시간, 절대 한가할 틈이 없습니다.

나이 들었다고
자포자기할 필요 없잖아?

해가 바뀔 때마다 나는 이제 몇 살이고, 또 한 살 먹었다면서 나이에 연연하는 사람들이 있습니다. 그렇게 나이에 신경을 쓰든 말든 시간이 지남에 따라 나이는 저절로 먹게 되어 있습니다. 따라서 굳이 신경 쓰며 살 필요가 없습니다.

입버릇처럼 이제 나이가 너무 들었다고 말하는 사람들이 있는데 그 말 속에는 인생을 체념하는 심정이 내포되어 있습니다.

"나는 이제 나이 들었으니까……."

그 뒤에 나오는 말은 대부분 "어쩔 수 없지", "무언가를 시작하기에는 너무 늦었어" 혹은 "아무것도 하고 싶지 않아"와 같은 부정적인 말입니다. 그런 말을 입버릇처럼 내뱉는 사람은 결코 매력적으로 보이지 않습니다. 그렇게 자포자기하는 것만큼 바보 같은 일도 없습니다.

나이를 핑계로 체념을 일삼는 사람은 자신에게 있는 가능성의 싹을 잘라버리는 것과 같습니다. 그런 사람에게 갑자기 기적이 일어나거나 행운이 따르는 일은 절대 없습니다.

항상 자기 자신에게 기대감을 가져야 합니다. 자기 자신을 믿고 자신에게 어떤 기대를 하는 사람에게는 반드시 그에 부응하는 일이 일어납니다. 왜냐하면 자기도 모르는 사이에 조금씩 노력을 하다 그 결과가 축적되어 어느 날 결실을 맺기 때문입니다.

"나는 이제 나이 들었으니까"라는 말을 변명처럼 내뱉는 사람은 그 말을 입 밖으로 꺼낼 때마다 점점 매력이 떨어질 것입니다. 시험 삼아 거울을 손에 들고 "나는 이제 나이 들었으니까"라고 말해보십시오. 아마도 실제 나이보다 몇 살은 더 늙어 보일 것입니다.

"나는 이제 나이 들었으니까"라고 말할 때마다 거울 속의 자신이 복수를 해옵니다. 그러다 보면 점점 침울해져서 끝도 없는 나락에 빠져버릴 뿐입니다. 이러한 때에는 그 누구도 손을 내밀어 줄 수 없습니다. 스스로 판 구멍에서 스스로 빠져나올 각오를 하고 두 번 다시는 나이 들었다며 자포자기하는 말을 하지 말아야 할 것입니다.

남은 인생 중
오늘이 가장 젊은 날

저는 웬만해서는 병원에 가지 않습니다. 왜냐하면 병원에서 진료 대기를 하는 사이 고령자들이 얼굴을 맞대고 대화를 나누는데 대부분 병과 관련된 이야기만 하기 때문입니다. 정보교환 차원에서는 도움이 될지도 모르지만 그저 서로 아픈 곳을 털어놓는 것이 전부입니다. 흔히 동병상련이라고 말하지만 저는 이런 이야기를 하는 것이 불편합니다. 상대의 이야기를 듣는 동안 그 고통이 배가 되어 저에게 다가오는 듯한 느낌마저 들곤 합니다.

나이를 먹은 만큼 더더욱 지혜를 발휘해 그런 대화에 가담하기보다는 자신이 좋아하는 것이나 흥미를 가지고 있는 것, 하지 않으면 안 되는 것에 열중해야 합니다. 해가 갈수록 우리에게 주어진 시간이 줄어드는 것은 엄연한 사실, 여유를 부릴 틈이 없습니다.

저는 나이가 들수록 혼자 보내는 시간에 욕심이 많아지고 있습니다. 혼자서 책을 읽거나 음악을 듣거나 일을 하는 등의 시간이 저에게는 매우 소중합니다.

저에게는 제 병이나 불만사항에 대해 푸념할 여유가 없습니다. 더구나 동병상련이라는 것은 부담만 될 뿐입니다. 그래서 저는 조금 상태가 안 좋은 정도로는 병원에 가지 않으려고 합니다.

무리하게 병을 고치려 스스로 감당하기 힘들 정도로 많은 약을 먹는 것은 가능하면 피하고 싶습니다. 하물며 아픈 사람들끼리 상처를 핥는 시간은 만들고 싶지 않습니다. 그 대신 언제나 자신의 몸에 귀 기울이고, 병이 생기지 않도록 몸을 관리하는 것을 소홀히 하지 않고 있습니다.

가령 한 달에 두 번은 신뢰할 수 있는 한의사에게 침을 맞거나 뜸을 뜨고 있습니다. 주 1~2회 체육관에도 다니면서 스트레칭이나 마사지로 피로가 쌓이기 전에 몸을 풀어주고, 신경안정제의

힘을 빌려서라도 일단 잠을 잘 자려 하고 있습니다. 질병을 의식하고 병이 커지기 전에 신경을 쓰고 있는 것입니다.

젊었을 때부터 지병이었던 편두통도 가벼운 두통약을 먹는 것으로 치료하고, 위 처짐도 언제부턴가 나아서 카레나 커피 등 자극적인 음식도 즐길 수 있게 되었습니다. 또 그전까지 잘 못 마시던 적포도주도 마실 수 있게 되었습니다.

마흔여덟 살부터 12년간 했던 클래식발레 덕분에 몸은 유연해졌고, 두 다리를 벌리고 앉아 상반신을 바닥에 대는 것도 문제없습니다. 수면 시간만큼은 충분히 갖고, 식사는 하루에 두 번 규칙적으로 하고 있습니다. 앞으로 남은 제 인생에서 지금이 가장 건강한 것일 수도 있습니다.

언제까지 살지는 알 수 없지만 2018년 돌아가신 일본의 국민배우 기키 기린 씨의 말씀처럼 '전부 하나의 과정'이지요. 인생은 하나의 과정입니다. 저는 제가 할 수 있는 일을 하고 그다음은 그 과정에 맡기고 싶습니다.

왜 매스컴에서는
나이를 밝히는 것일까?

매일 아침, 신문을 읽는 것이 저에게는 큰 즐거움입니다. 저희 세대에게는 그것이 몸에 익은 습관이라고 말할 수 있습니다. "신문이 없는 날은 김빠진 사이다 같다"라는 진부한 표현이 딱 들어맞습니다.

저는 두 가지 신문을 구독하고 있는데 약속이라도 한 듯 두 신문사가 꼭 같은 날에 쉽니다. 신문이 안 오는 날이면 저는 아침부터 왠지 가만히 있지 못하고 무언가를 잃어버린 듯 안절부절못하기도 합니다.

저의 일과를 말씀드리자면, 오전 10시에서 11시 사이에 일어나 과일이나 홍차 같은 것을 간단히 먹은 다음 신문 두 부를 한 시간 가까이 읽습니다. 남편은 비교적 일찍 일어나기 때문에 먼저 눈을 뜨면 잠자리에서 느긋하게 신문을 읽는데 그 시간이 더할 나위 없이 즐겁다고 합니다.

남편과는 복도로 연결되어 있는 바로 옆 방을 쓰면서 각자의 시간을 보내고 있습니다. 남편은 신문을 다 읽으면 혼자서 아침을 먹기 때문에 둘이 같이 살고 있기는 해도 아침부터 따로따로 생활하고 있습니다. 그러나 우리 둘에게 신문이 없어서는 안 된다는 점만큼은 똑같습니다.

사람들은 처음에 신문을 볼 때 어디부터 읽을까요? 요즘 들어 저는 사회면 아래에 나와 있는 부고란에 먼저 눈이 가곤 합니다. 남편은 원래 방송국에서 근무했었기 때문에 항상 제일 먼저 부고란부터 봤었고, 제가 부고란을 보게 된 것은 최근 들어서입니다. 그만큼 친구나 지인이 세상을 떠나는 일이 늘어난 탓이겠지요.

남녀를 불문하고 친구나 지인 대부분이 일을 계속 해왔기 때문에 부고란에는 대개 제가 아는 이름이 실려 있습니다. 이름 뒤에는 나이나 직업 등이 적혀 있고 그다음에 사인이 적혀 있습니다. 그것을 보면 '아직 어린데…', '그런가, 벌써 그럴 나이였나?' 등등 이런저런 생각을 하게 됩니다.

부고란에는 나이를 적을 필요가 있겠지요. 하지만 필수 조건이라고는 말할 수 없습니다. 나이 미상인 사람은 미상인 채로 영원히 수수께끼로 남는다고 해도 나쁠 것 없습니다. 그 사람이 살아온 방식을 나타내는 것이니까요. 그런데 세상은 그런 것을 용납하지 못하는 듯합니다. 특히 유명인일수록 몇 살에 죽었는지가 큰 관심거리입니다.

신문이나 텔레비전 등의 매스컴은 정보 매체로서 구독자나 청취자의 요구에 응하지 않을 수 없을지도 모릅니다. 부고란에 나이를 싣는 것이 이해가 안 되는 것도 아닙니다. 그렇다면 살아 있는 사람의 나이도 꼭 정확히 밝힐 필요가 있을까요?

제가 하는 일의 성격상 신문에 이름이 실리는 일이 자주 있는데 반드시 제 이름 옆 괄호 안에 나이가 적혀 있습니다. 그것을 볼 때면 저는 적잖게 거부감을 느낍니다.

젊었을 때에는 젊었을 때대로, 나이가 든 지금은 또 지금대로 의문이 듭니다. 지면에 등장하는 사람의 나이를 밝히는 것이 독자 서비스가 되는 걸까요? 그게 아니면 신문사에는 나이를 반드시 적어야 하는 규칙이라도 있는 것일까요?

언제나 그렇게 생각하면서도 불만을 표시해본 적은 없습니다. 왜냐하면 나이를 적지 말아달라고 말하는 것이 오히려 나이에 더 신경을 쓰는 것처럼 비춰질 것 같기 때문입니다.

현재 여든둘이라고 하는 제 나이는 부끄럽지도 않고 숨길 이유도 없습니다. 그렇다고 일부러 괄호 처리를 해서 굳이 밝힐 필요도 없습니다.

나이를 먹어감에 따라 주름이 늘거나 거동이 조금 불편해지는 것 등은 저 혼자 감당할 문제입니다. 자랑을 할 일도, 사람들에게 비난을 받거나 높이 칭찬을 받을 일도 아닙니다. 또 아흔 살이라고 해서 놀랄 만한 일도 아니고, 다른 사람에게 축복을 받을 일도 아닙니다.

나이라고 하는 것은 다른 사람에게 밝히지 않아도 저절로 드는 것이니까 그냥 내버려뒀으면 합니다. 자기 자신의 나이를 잊어버리는 것도 얼마든지 있을 수 있는 일이니까요.

나이를 괄호 처리해서 밝히는 신문 기자들도 대부분 자신들의 이야기가 신문에 실릴 때에는 나이가 적혀 있는 것을 탐탁지 않게 생각할 것입니다. 자기가 싫은 것은 남에게도 하지 않는 것이 진정한 어른의 자세입니다.

지면에 나이가 실리는 것에 대해서, 배우들의 경우 이미지와

연관이 있으니까 정확히 게시할 수 없다고 말하는 사람도 있습니다. 배우들은 나이와 같은 외적 정보 말고 연기력 등 그 사람의 내면이 중요하기 때문입니다. 또 여러 역할을 소화하기 위해서는 배우 스스로 자신의 실제 나이를 머릿속에서 지워버려야 할 때도 있을 테니까요.

나이라고 하는 것을 내가 아닌 다른 사람이 결정하지 않았으면 합니다. 자신이 있는 사람은 틀림없이 그렇게 생각할 것입니다. 더구나 매스컴이라고 하는 공공성을 띠는 매체에 그 결정을 맡길 이유는 조금도 없습니다. 저뿐만 아니라 그렇게 느끼는 사람이 적지 않을 것입니다.

나이 많다고
임대도 마음대로 할 수 없다니!

나이 따위, 신경 안 쓰고 살고 싶어도 그럴 수 없는 때가 있습니다. 나이를 잊고 매일매일 저 나름대로 즐겁게 지내고 있는데 갑자기 찬물을 끼얹는 일들이 생기곤 하는 것입니다.

저는 글을 쓰는 일을 해서 집에서 일할 때가 많은데 혼자 사는 것이 아니기 때문에 일하는 방이 따로 있기는 해도 남편을 완전히 신경 쓰지 않고 지낼 수는 없습니다. 특히 업무상 다른 곳과 협의할 사항이나 연락할 일이 많아서 남편이 집에 있을 때에는 아무래도 신경이 쓰일 수밖에 없습니다. 그래서 한 가지 방안을 생각해냈습니다.

저밖에 모르는, 누구도 들어올 수 없는 비밀기지를 만들기로 한 것입니다. 아이들이 다락방이나 정원 한쪽을 비밀기지로 생각하고 몰래 즐기는 것과 마찬가지입니다. 이곳은 완전히 저 혼자만의 업무용 공간입니다.

지금은 중학생이 된, 제가 귀여워하는 여자아이가 한 명 있습니다. 동물을 좋아해서 고양이는 물론 거북이, 개구리까지 기르고 있고 곤충도 매우 좋아하는 곤충 소녀입니다.

그 아이는 저의 단골 미용실 손녀인데 언제나 저를 친구처럼 편하게 대하곤 합니다. 한번은 그 아이가 다른 사람들의 눈을 피해 저의 손을 끌어당기며 지하실에 있는 비밀 장소로 데리고 갔습니다. 그곳에는 병 안에 든 사슴벌레나 매미 등이 있었는데, 그 보물들을 저에게만 보여주었습니다. 그럴 때의 반짝이는 눈과 요정 같은 몸짓을 저는 굉장히 좋아합니다.

그런 일이 있기도 했고, 저 역시 이전부터 비밀기지를 동경하고 있었습니다. 저만 아는, 남편이나 친구, 지인들도 모르는 공간. 언젠가 그런 공간을 만들어야겠다고 생각했는데 의외로 기회가 빨리 찾아왔습니다.

저는 누군가 옆에 있어도, 텔레비전이 켜져 있어도 별로 신경 쓰지 않고 글을 쓰는 일에 집중할 수 있는 편이지만, 전화벨이 울리거나 집배원이 초인종을 누를 때에는 그게 잘 안 됩니다. 무시하면 그만이라고 생각할 수도 있지만 저도 모르게 신경이 쓰여 일의 흐름이 끊겨버립니다.

겨우 일에 집중하게 되었을 때 전화벨이나 초인종 소리가 들려오면 무의식중에 반응하게 되는 상황이 싫어서 대망의 비밀기지를 만들기로 했습니다. 방을 하나 빌리기로 한 것입니다. 우리 집에서 맨얼굴로도 걸어갈 수 있는 장소, 원룸이라도 좋으니 나무가 가까이 있는 기분 좋은 장소를 찾아서 근처 공인중개소를 방문했습니다.

공인중개소 문을 열고 들어서자 건장한 젊은 직원 뒤에 있던 주인이 직접 응대를 해주었습니다. 그는 조건을 묻더니 방이 두 개인 곳을 안내해주었습니다. 그런데 막상 가보니 계단 때문인지 좀 오래되고 어두워 보였습니다. 저는 기분 좋게 비밀기지에 숨어들고 싶었기에 다른 곳을 좀 더 찾아봐달라고 부탁했습니다. 그때까지만 해도 어떤 난관이 기다리고 있을 줄은 꿈에도 생각지 못했습니다.

지인이 우리 집에서 걸어서 20분, 차로 5분 거리에 있는 큰 건물의 방 하나를 임대해 쓰고 있다고 해서 한번 가보았더니 이전부터 알고 있던 곳이었습니다. 그녀는 그곳에서 도자기 교실을 열고 있었습니다.

방 안에 들어가 보니 창문 밖으로 공원이 보였습니다. 커다란 나무로 둘러싸인 널찍한 잔디밭 위에서 아이들이 신나게 뛰놀고 있었습니다. '아, 이런 곳이면 좋겠구나' 하고 생각하고 있는데 그녀가 소개시켜준 공인중개사가 같은 층에, 좀 더 작고 전망 좋은 방이 비어 있다고 말했습니다. 관리가 잘되어 있어서 사무실로 쓰는 사람도 많다고 했습니다.

창문 밖 풍경과 질 좋은 바닥재를 보고 그 자리에서 바로 계약을 하기로 결정했는데 여기서 뜻밖의 장해물을 만났습니다. 글쎄 집주인이 제 나이를 알고 염려를 하는 것이었습니다.

여든둘, 언제 쓰러져도 이상하지 않은 나이. 어느 날 갑자기 방에서 죽기라도 한다면 어쩌나 하는 생각이 머릿속을 꽉 채웠던 것이겠지요. 저는 제 할 일은 모두 스스로 다 하고, 일도 하고 있기 때문에 경제적으로는 걱정할 필요가 없는데 그저 여든두 살의 나이 많은 노인으로만 생각되는 것 같아서 조금 서글펐습니다.

집주인은 제 직업이나 경력을 알고 임대를 꼭 해주고 싶다고 말하면서도 가능하면 제가 소속된 사무실 명의로 하기를 바랐습니다. 하지만 그렇게 되면 비밀기지를 만드는 의미가 없어지지요.

공인중개사에게 말 좀 잘해달라고 부탁도 해봤지만 나이 때문에 제 명의로는 빌리지 못하고 결국 사무실 명의로 해서 저의 비밀스러운 계획은 완벽하게 성사되지 못했습니다. 고령자는 건강하고 수입이 보장되어 있어도 마음대로 임대를 할 수가 없다니, 나이를 먹으면 이런 것조차 손쉽게 할 수 없는 현실을 깨달았습니다.

나이가 들면
생각지 못한 곳에 돈이 나간다

일본에서는 한때 내 집 마련을 장려하던 시기가 있었습니다. 당시 너나 할 것 없이 집을 사기 위해 무리하게 대출을 받아 열심히 일하며 허리띠를 졸라맸습니다. 그런데 지금은 도쿄부터 시작해서 지방 도시에 이르기까지 빈집투성이입니다. 과소지역(인구가 현저히 감소하며 활력이 떨어지는 지역)의 문화재급으로, 오래되고 격식 있는 집들도 사는 사람이 없어져 빈터가 되어가고 있습니다.

지방에 있던 저희 어머니의 200년 된 집도 살 사람이 없어 부수고 말았습니다. 주택가로서 1등을 차지하던 도쿄 세타가야의 집도 부모님이 돌아가시고 나서 지낼 사람이 없어 팔아버렸습니다. 제가 살고 있는 도심의 아파트는 버블 전에 그렇게 비싸지 않은 가격에 구입을 했는데, 자연에 둘러싸인 주거환경과 편리함 때문에 30년이 지나도록 집값이 떨어지기는커녕 점점 오르고 있습니다.

다행히 저와 남편은 살 집이 있습니다. 그러나 자기 집을 갖고 있지 않고 세 들어 살고 있는 친구들 같은 경우에는 이제 와서 고령자에게 집을 임대해주지 않는 현실에 부딪혀 있습니다.

물론 임대를 할 돈은 있습니다. 이때까지 열심히 일해서 모아둔 돈이 충분히 있으니까요. 그런데 돈이 있어도 임대를 하기 힘든 것이 현실입니다. 그리고 임대를 할 때마다 매번 반드시 나이를 묻는다고 합니다.

"가족은요?"

"손자는 있나요?"

만약의 상황에 대비해 보증을 서줄 사람을 미리 확보해두려는 것이겠지요.

빈집은 늘고 있는데 살 집을 못 얻는 사람도 있습니다. 이렇게 모순되는 일이 또 있을까요?

임대를 하고 싶어도 할 수 없으니 차라리 사려고 하면 이번에는 또 가격이 말도 안 되게 비쌉니다. 이상하게 꼭 팔 때는 싸고, 살 때는 비쌉니다.

한번은 어느 경제평론가와 대담을 나눈 적이 있습니다. 당시 과연 얼마 정도를 가지고 있어야 노후를 보내는 데 지장이 없을지에 대해 이야기를 나누었습니다. 노후 자금으로 평균 1억 5천만 원은 필요하다고 하는데, 노후를 여유 있게 보내려면 실제로는 돈이 더 있어야 하지 않을까 싶습니다. 그런데 내 집을 갖고 있지 않은 사람도 많고 고령자의 여러 가지 생활환경도 만만치 않은 것을 보면 상당히 걱정이 됩니다.

제 지인 중에는 가족에게 피해를 주기 싫다며 노인복지시설에 들어가는 사람도 있습니다. 하지만 시설에 들어간다고 그것으로 끝나는 게 아니라 살아 있는 한 돈이 계속 들어갑니다.

지난 1월에 세상을 떠난 어느 여행 기자는 아직 세계 여행 같은 것은 꿈도 꿀 수 없었던 시대에 남들보다 앞서 세계 여행을 떠났습니다. 텔레비전에서 그녀를 본 사람들은 아마 그 모습이나 목소리와 더불어 한 장면, 한 장면을 오래도록 기억할 것입니다. 그녀는 2대 일본여행작가협회 회장직을 맡다가 몸이 약해지며 병치레가 잦아져 그만두기를 원해서 제가 3대 회장을 이어가게 되었습니다.

언젠가 모임에서 만났을 때 집이 같은 방향이어서 바래다준 적이 있는데 그때 그녀는 이렇게 말했습니다.

"나이가 들수록 생각지 못한 곳에 돈이 나간단 말이야. 그러니까 돈을 항상 소중히 다루지 않으면 안 돼."

그녀는 나이를 먹을수록 다른 사람이 대신 해주지 않으면 안 되는 일이 늘어난다며, 물건을 사거나 가구 등을 옮길 때조차 다른 사람의 손을 빌려야 하는 일이 생기기 때문에 돈이 필요하다고 말하였습니다.

분명 맞는 말입니다. 나이로 나라는 사람을 단정 짓지 않았으면 하지만, 나이를 먹으면 필요한 돈이 늘어난다는 사실은 인정하지 않을 수 없습니다.

한번은 여행 동호회에서 그녀와 같이 교토에 간 적이 있었습니다. 첫날 밤 기온의 어느 찻집에서 이야기를 나눌 때나 다음 날 경마장에 갔을 때나 그녀 곁에는 40~50대 남성이 늘 함께했습니다. 걸을 때에도 곁에서 도와주는 모습이 겉보기에는 무척 좋아 보였지만 그렇게 어디를 가든 다른 사람의 도움이 필요하다는 지점에서 돈이 든다는 것이겠지요.

그녀는 도심에 살았지만 역시나 마지막 순간에 다다라서는 집 근처의 노인복지시설을 오가며 지냈습니다. 마지막까지 내 집에서 지내고 싶어도 그럴 수 없는 현실을 인정해야만 하는 것입니다.

죽음 앞에서
나이가 무슨 상관?

늙음도, 죽음도 언젠가는 반드시 찾아옵니다. 그 순간이 찾아와도 당황할 필요 없습니다. 나이 때문에 압박을 받을 필요도, 주저할 필요도 없습니다.

나이를 아주 자연스럽게 받아들여 2018년에 세상을 떠난 여배우가 있습니다. 그녀의 이름은 기키 기린. 2017년 10월, 저는 이즈 지역에서 그녀와 함께 일을 한 적이 있습니다. 일본펜클럽 주최로 각 지역의 특색을 뽐내는 작가의 작품을 뽑는 행사였습니다. 이때 기린 씨는 저에게 가와바타 야스나리의 단편 낭송을 부탁했습니다.

저는 전야제부터 참석을 해서 그녀와 이야기를 나눌 기회가 있었습니다. 그녀의 첫인상은 조용했습니다. 파도도 일지 않는 수면처럼 온화하고 조용한 느낌이었습니다. 젊었을 때 드라마에서 봤던 격렬함이나 엄격함은 전혀 느낄 수 없었습니다. 보호자나 매니저 없이도 혼자 있는 것 자체로 존재감이 넘쳤습니다.

그녀에게 나이 따위는 필요가 없었습니다. 분명 실제 나이는 저보다 조금 아래일 테지만 그녀의 존재 앞에서 나이 같은 것은 상관이 없었습니다. 나이 따위, 이미 초월한 것 같은 느낌이었습니다.

"전신에 암이 퍼졌어요"라고 웃으며 말하는 그녀에게서 비통함 같은 것은 전혀 찾아볼 수 없었습니다. 그러고 나서 얼마 지나지 않아 그녀의 부고 소식을 듣고 너무 놀랐습니다.

그 후 비밀리에 진행된 그녀의 안장에 입회했다는 한 작가를 찾아갔습니다. 그 작가의 소설을 영화화한 작품의 주인공을 기린 씨가 맡으면서 그 둘은 계속해서 왕래를 해온 터였습니다. 그 작가의 말에 따르면 매년 암 치료를 받으러 지방까지 갔던 기린 씨가 그 작품을 시작하고 나서 칸영화제에서 황금종려상을 받은 감독의 영화 등이 차례로 들어오면서 치료를 받으러 갈 수가 없었다고 합니다. 그녀는 일을 택할지, 치료를 택할지의 기로에 서 있었던 것입니다.

정기적으로 치료를 받지 않으면 암을 억제할 수 없다는 것을 알면서도 그녀는 최종적으로 영화 촬영을 선택했습니다. 그것은 죽음을 각오한 선택이었습니다. 그리고 암은 확실히 그녀의 몸을 좀먹어 그 생명을 빼앗아갔습니다. 전부 그녀에게는 최고의 호재와 악재였습니다.

그녀에게 있어서 나이라고 하는 것은 어떤 의미였을까요? 몇 살에 세상을 떠났건 때마침 그 나이였을 뿐, 몇 살이었든 간에 그녀는 그녀였을 뿐입니다. 저는 그녀가 운명을 거스르지 않고 자신의 의지로 죽음을 선택한 것이라고 생각합니다.

결혼하는 데
나이가 무슨 상관?

과거에는 스물네 살이 결혼 적령기로 여겨졌습니다. 당시 스물둘, 스물세 살이 되면 젊은 여성들은 안절부절못하는 분위기였습니다.

저는 40~60대에 스물셋 전후의 여성들을 상대로 인터뷰를 해서 그들의 생활과 생각을 엮어 책을 여러 권 펴낸 적이 있습니다. 그중 한 권은 광고도 화려하게 하지 않았는데 베스트셀러가 되었습니다.

20대 여성들과 같이 밥도 먹고, 술도 마시며 솔직한 이야기가 오고 가는 와중에 조금 이상하게 생각되는 부분이 있었습니다.

"추억을 만들고 싶어요."

그녀들은 입을 모아 이렇게 말했습니다.

'결혼을 하면 자유롭게 살아갈 수 없다.'

'결혼을 하면 출산, 육아 등으로 많은 것을 포기해야 하니까 그 전에 좋아하는 것을 해놓지 않으면 안 된다.'

그러기 위해 무엇을 하는가 하면, 주로 사랑하는 사람과 여행을 가는 것이었습니다. 그녀들은 사랑과 결혼을 별개라고 생각하였습니다. 사랑은 결혼해서 가끔씩 다시 떠올릴 수 있는 달콤한 추억, 결혼은 생활 그 자체라고 단정 지었습니다. 또 결혼을 하면 가고 싶은 곳에도 자유롭게 갈 수 없다며, 혼자일 때 해외여행을 가보고 싶다고 했습니다.

그녀들은 모두 회사를 다니면서 일을 하고 있었지만 경력을 쌓는 것과는 거리가 멀고, 그저 결혼할 때까지만 다니겠다는 생각이었습니다. 아무리 경력을 쌓아도 여자 혼자서 살아가기는 어렵다고 생각했던 것입니다.

제가 일을 하기 시작한 1959년경에도 그런 분위기여서 경력을 쌓고자 하는 여성을 채용하는 기업이 거의 없었습니다. 신문이나 텔레비전 등 매스컴 쪽도 마찬가지였습니다. 그 당시 스물네 살이 다 된 여성들은 모두 늙어 보였습니다. 인생에서 가장 빛나는 시기임에도 그녀들은 지쳐 있었습니다. 그 이유는 무엇이었을까요? 바로 부모님이나 선배들에게서 "남자친구는 있는 거야?", "아직 결혼 안 해?"라는 소리를 많이 들어 그 중압감에 괴로울 수밖에 없었기 때문입니다.

"추억을 만들고 싶어요."

그녀들은 간절했습니다.

그렇다면 다른 나라에서는 어떨지, 눈코 뜰 새 없이 바쁘게 일하는 뉴욕의 일본 여성들에게서도 이야기를 들어보고 싶었습니다. 저는 뉴욕의 민영방송 지국 특파원에게 마땅한 사람들을 소개시켜달라고 해서 한 사람, 한 사람 만나 일과 사생활에 대해 들어보았습니다. 여유 있게 대화를 나누기 위해 제가 10일 정도 묵었던, 뉴욕 맨해튼의 중심가 파크애비뉴에 있는 고등학교 때 친구 집으로 그녀들을 불렀습니다.

그곳에서 만난 여성들은 일본에 사는 여성들과 정반대였습니다. 철저하게 실력주의를 지향하는 뉴욕에서, 특히 월스트리트에서 근무하며 점심 식사를 할 시간조차 없어 입 안에 음식을 넣은 채 전화를 걸고 받는다던 그녀들의 이야기는 아직도 잊을 수가 없습니다.

한편 사생활에서는 남자친구와 동거를 하면서 결혼을 별로 의식하지 않는 모습이었습니다. 그녀들에게 일본에 사는 여성들의 추억 만들기에 대한 이야기를 꺼내자 재미있다며 웃어대거나 중간중간 동정하는 듯한 표정을 짓기도 하였습니다. 왜 그렇게 나이를 의식하는지, 왜 경력을 쌓아 발전할 생각을 하지 않는지 이상하다고 하였습니다.

만약 그녀들도 일본에 있었다면 경력을 쌓지도 못하고, 전직이나 승진의 기회조차 없이 결혼에 얽매여 남의 눈을 신경 쓰며 살았을지도 모릅니다. 그런 것에서 과감하게 벗어난 그녀들의 판단은 옳았던 것입니다. 물론 실력이 없으면 어떤 것도 보증할 수 없는 법, 어쨌거나 그녀들은 열심히 일하며 살아왔던 것입니다.

나이가 들어도
사고방식은 변하지 않는다

저는 나이에 너무 얽매이는 젊은 여성들이 안쓰럽기 그지없었습니다. 그래서 나이에 연연하지 않고 자신의 인생을 살아갔으면 하는 바람을 담아 책을 한 권 펴내기로 했습니다. 제목은 바로 '꺼져버려, 결혼 적령기!'

직접적이고 이해하기 쉬운 타이틀이라고 생각했는데 출판 직전에 클레임이 들어왔습니다. 출판사 대표가 품위가 없다며 제지를 했던 것입니다. 저는 납득할 수가 없었습니다. 나이에 얽매이는 당시의 여성들에게 강한 울림을 주는 표현이라고 생각했기 때문입니다. 결국 편집자와 상의 끝에 제목을 바꿨지만 어정쩡한 표현에 머무는 바람에 책은 잘 팔리지 않았습니다.

'남자들의 양육법'이라는 제목을 정했을 때에도 남자들에게 실례라는 말을 들었습니다. 그때는 정말이지 원고를 회수해야 하나 하는 생각까지 했지만 담당 편집자의 노고를 알고 있었고, 그녀가 그 후 어떻게 될지도 염려가 되었습니다. 그 때문에 강하게 밀어붙이지 못하고 이것 역시 타협을 해서 무엇을 말하는지 모르는 제목으로 정하고 말았습니다. 저는 대부분의 일을 너그럽게 생각하는 편이지만 이 두 가지는 지금까지도 용납이 안 됩니다.

"품위가 없다", "남자들에게 실례다"라는 말에서는 남성 우월주의가 느껴집니다. 이렇게 말하는 남자들이 많기 때문에 '남자들의 양육법'이 중요하고, 이것은 지금도 통용되는 좋은 타이틀이라고 생각합니다.

'꺼져버려, 결혼 적령기!' 대신 붙여진 제목에는 '자발적 적령기 추천'이라는 부제목이 붙었습니다. 그리고 띠지에는 이렇게 적혀 있습니다.

'적령기라고 하는 것은 나 자신의 것, 적령기를 스스로 선택하는 것은 곧 자신의 인생을 자신의 손으로 선택하는 것이다. 인생은 자신이 무엇을 선택하느냐에 따라 결정된다. 선택의 연속인 것이다. 그 소중한 선택을 어째서 다른 사람에게 맡기려 하는가.
남에게 기대지 않고 자신의 생각대로 선택하기 위해서는 여러
가지 개념이나 상식으로부터 자유로워지지 않으면 안 된다.'

지금 제가 생각하고 있는 것, 말하고 있는 것과 거의 다르지 않
습니다. 예전부터 지금까지 저의 사고방식에는 흔들림이 없습니
다. 최근 제가 쓴 책을 보고 '전혀 흔들림 없는 삶의 방식'이라고
말해주신 분도 있었습니다.

제가 결혼을 한 것은 서른여섯 살 때였습니다. 따라서 서른
여섯 살이 저의 결혼 적령기였던 것입니다. 결혼하는 나이는
사람마다 달라도 전혀 문제가 안 됩니다. 결혼할 나이를 강
요하는 것은 그 사람을 어떤 틀 안에 가두는 것이나 마찬가
지입니다.

왜 나이 차이 나는 결혼은
거의 여자가 어릴까?

나이 차이 많이 나는 결혼이 종종 화제가 되곤 합니다. 스무 살에서 마흔 살 차이 나는 상대와 결혼하는 사람들도 간혹 있습니다. 젊은 여성은 점잖고 안정감을 주는 나이 많은 남자에게 아버지에 대한 동경과 비슷한 감정을 느끼는지도 모릅니다. 또 남자 입장에서는 젊은 여성과 생활하면서 다시 청춘으로 되돌아간 듯하니 좋을 것입니다.

사실 나이의 문제가 아닙니다. 서로의 감정이 통하면 즐겁게 하루하루를 살아갈 수 있습니다. 꼭 나이가 비슷한 사람과 결혼

할 필요는 없다고 생각합니다.

예전부터 돈 많고 나이 많은 남자가 젊은 아내를 두는 경우는 있었지만 주로 돈 때문에 결혼하는 분위기였습니다. 일본의 소설 중에 《진주부인》이라는 작품이 있습니다. 내용을 보면, 아름답고 모두가 동경하는 상류 계층의 여성이 아버지의 빚을 갚기 위해 사랑하는 사람과의 결별을 택하고 돈 많은 노인과 결혼을 합니다. 그녀는 결혼식은 올렸어도 결코 몸을 허락하지 않습니다. 시간이 아무리 흘러도. 그것이 복수였던 것입니다.

폭풍우가 치던 어느 날 노인이 갑자기 세상을 떠나고 막대한 재산과 함께 남겨진 그녀는 진주부인이라고 불리며 언제나 많은 남성들에게 둘러싸여 있게 됩니다. 그러다 그녀에게 순수한 사랑을 바쳤던 한 청년이 교통사고로 목숨을 잃고 그의 동생도 그녀에게 빠져 구애를 합니다. 그런데 거절을 당하자 자신을 가지고 놀았다고 생각해 마침내 그녀를 살해하고 맙니다.

그녀는 최후의 순간에 결혼 전 사랑했던 연인의 품 안에서 숨을 거둡니다. 그녀의 지조는 사랑하는 사람과 함께했던 날들 그대로 지켜진 것입니다. 적잖이 오래된 이야기이지만 과거에 성공해 명성을 얻은 돈 많은 남자들은 모두 이처럼 젊은 여성을 아내로 삼고 싶어 했습니다.

한편 지난 몇 년간 프랑스는 정치 상황이 안정되지 못하고 젊은 마크롱 대통령에 의해 커다란 시련을 겪고 있는 듯합니다. 그럴 때 의지가 된 것이 스물다섯 살 연상의 부인이었을지도 모릅니다. 마크롱 대통령의 은사였던 부인은 여러 상황에서 마크롱 대통령에게 바람직한 충고를 해주고 있을 것입니다.

여성의 내적인 매력에 끌리면 외적인 아름다움이나 젊음 같은 것은 비교할 수가 없습니다. 앞으로는 여자의 나이가 더 많은 결혼도 늘어났으면 합니다. 왜 그런지 항상 나이 많은 남자가 젊은 여성과 결혼하는 경우만 눈에 띄는 것은 너무도 안타깝습니다.

만나는 사람은
어릴수록 좋다

결혼 상대는 단연코 젊을수록 좋습니다. 그 이유는 젊은 사람과 함께 있으면 그 에너지를 받아 다시 젊어지는 것 같기 때문입니다.

제 남편은 저보다 세 살 연하인데 그보다 더 어려 보이는 듯합니다. 언젠가 저녁 식사 자리에서 NHK 아나운서 시절부터 알고 지낸 지인에게 남편을 소개시켜주었습니다. 그런데 남편이 화장실에 갔을 때 그분이 이렇게 말하는 것이었습니다.

"왜 저렇게 어린 남자와……."

아마 저보다 꽤 어려 보였던 모양입니다. 아쉽게도 지금까지 저보다 상당히 연하로 보이기는 합니다.

처음에는 세 살 아래면 나이 차이가 좀 나는 편인가 하는 생각도 들었지만, 지금 와서 보면 더 어렸어도 좋았겠다 싶습니다. 왜냐하면 일반적으로 여자 쪽이 평균 수명도 더 길고, 장수하게 된다면 여성에게 있어서 결혼 상대는 더 어릴수록 좋을 것 같기 때문입니다.

나이가 어리면 말이 잘 안 통한다고 하는 사람도 있지만 저는 그렇게 생각하지 않습니다. 나이가 비슷해서 "우리 둘 다 늙었네"라며 서로 위로하는 관계보다는 다소 나이 차이가 나는 관계가 더 재미있습니다. 나이 차이가 나도 감성이 맞으면 문제가 없습니다.

제 경우에는 일로 만나는 사람 중에 30~50대가 많기 때문에 이야기를 할 때 싫증나는 일도 없고 젊은 에너지도 받고 있습니다. 제 쪽에서는 거부감 같은 것이 전혀 없습니다. 만약 있다고 해도 그런대로 좋습니다. 서로의 다른 점을 인정할 수가 있으니까요.

미국과 유럽에서는 스무 살 연하 남자와 사는 여성을 쉽게 볼 수 있습니다. 《연인》 등으로 유명한 프랑스의 작가 마르그리트

뒤라스는 노년에 마흔 살 정도 어린 남자와 살았는데, 그녀가 세상을 떠난 지금도 그는 뒤라스의 저작 등을 지키며 생활하고 있습니다. 앞에서 말한 마크롱 대통령의 아내도 그렇고, 프랑스에서는 그러한 것이 별난 일로 생각되지 않는 듯합니다.

3장

나이와 함께
인생을 배우던 시절

저는 사막을 향해 가는 노인을 보며 깨달았습니다.
'그는 지금부터 미래를 향해 가고 있다.
언제 도착할지는 신만이 안다. 인샬라(신의 뜻대로)!'
저는 그때 처음으로 시간은 지금부터 미래를 향해
간다는 것을 알게 되었습니다.
그때까지의 짧은 삶은 진정한 삶이었는지 의문이 들었습니다.

"아무리 나이를 먹었다 해도
배울 수 있을 만큼은 충분히 젊다."
_아이스큐로스

남달랐던 어린 시절,
남달랐던 감성

전쟁 후 아버지는 하늘이 내린 직업이라고 생각했던 군인 자리에서 쫓겨났습니다. 경제적으로 모두가 가난한 시절이 었다고 하지만 특히 우리 집은 마치 하늘에서 땅으로 전락한 것 같았습니다.

아버지는 실패한 우상이 되어 오빠와 다투는 일도 잦았고, 종 종 매를 들기도 했습니다. 그 후 오빠는 도쿄에 계신 할머니, 할 아버지 댁에 맡겨졌고 그때까지 어떻게든 균형을 유지해오던 우 리 가족은 무너지고 말았습니다.

더부살이하는 가정부가 있고, 열차도 삼등 열차는 타지 않고, 사람들이 부러워하는 것을 별생각 없이 받아들이던 유년 시절. 그 시기에 저는 제가 아니었고, 제 걸음으로 나아가지 않았습니다. 부모님을 존경하고 학교 성적도 좋은 엘리트 자녀, 그대로 컸다면 저는 지금과 다른 삶을 살았을 것입니다. 1945년 8월 15일은 저라는 인간이 자각을 해서 살기 시작한 기념비적인 생일입니다.

감성에 눈을 뜬 것은 그 1년 전이었습니다. 저는 어렸을 때부터 고열이 나는 경우가 많았고, 편도선 비대로 후에 수술을 받기도 했습니다. 그럴 때마다 눈앞에 나타나는 이미지가 있었습니다. 가느다란 주름이 가득한 벽 같은 것이 눈앞에 바짝 다가와 공포심에 비명을 지를 듯하면 쓱 사라지고 이내 목이 긴 하얀 새 한 마리가 나타났습니다. 그런 일이 자꾸 반복되어서 고민이 되었습니다.

머리맡에는 아버지가 중국에서 사다 주신 스케치가 하나 있었습니다. 송화강으로 가는 다리, 양산을 쓴 여성과 오래된 절, 삼층탑이 그려진 병풍이었습니다. 그것을 항상 봐서 그런지 제가 가본 적 있는 것 같은 착각이 들기도 했습니다. 그것이 제 자신의 감성을 자극했다고 말하기에는 부족한 부분이 있습니다.

저의 감성을 자극하는 일은 초등학교 2학년과 3학년, 2년간 있었습니다. 학교에서 검사를 했는데 투베르쿨린 양성 반응이 나왔고, 병원에서 폐문 림프선염이라는 진단도 내려져 저는 무조건 안정을 취해야만 했습니다.

증상은 37도대의 미열만 있는 정도였습니다. 왜 그런지 열이 조금 나는 것 외에는 아무렇지도 않았습니다. 하지만 당시에는 특효약이 없어 전염성이 있는 죽을병으로 우려되어 영양을 충분히 섭취하고 많이 자는 방법밖에 없었습니다.

아버지가 지인에게 부탁을 해서 육군병원으로 사용되고 있는 여관에서 지내며 군의관에게 주사를 맞곤 했습니다. 저는 왼팔의 정맥에 주삿바늘이 들어가고, 두꺼운 주사통에 든 액체가 빨려 들어가는 것을 지그시 바라보는 이상한 아이였습니다. 하루에 네 번, 아침, 점심, 오후 3시, 밤에 열이 나는지 재서 기록표에 적는 것이 재미있어서 정상 체온에 가까워지면 일부러 밤늦게까지 아버지의 책을 탐독해서 열이 올라가게 하기도 했습니다.

그때 감성이 풍부해져서 매일 날씨에 의해 색이나 형태가 미묘하게 변하는 천장의 나무 결을 보고 놀라워하거나 흙빛의 작은 거미가 만든 훌륭한 보금자리에 감동하기도 하고, 소나기가 내릴 때 빗방울의 반짝거림이나 참을성 있게 사냥감을 기다리는 거미의 모습을 보며 많은 것을 느꼈습니다. 그 무렵 길러진 감성은 지금도 거의 변함이 없습니다.

병이 옮으면 안 되기 때문에 어린아이들과는 거의 접촉을 하지 않아 주변에는 온통 어른들뿐이었습니다. 특히 맞은편 육군병원의 정도가 심하지 않은 결핵 환자 몇몇이 환자복을 입은 채로 제가 묵고 있는 곳에 자주 놀러 왔습니다.

실행하지는 않고 따지기만 좋아하는 도쿄대학의 학생이 있는가 하면, 언제나 가죽 채찍을 흔들며 비행소년 집단의 우두머리 같은 분위기를 풍기는 개성 강한 병사도 있었습니다. 저는 그 젊은 병사들과 만나면서 지루하지 않은 시간을 보냈습니다. 그들의 아버지도 군인이어서 거리낌 없이 저를 만나러 왔는데 저를 어린아이라기보다는 여성으로서 대하는 듯했습니다.

채찍을 들고 다니던 그 병사는 어머니가 안 계신 틈을 타 산책을 권하곤 하였습니다. 사용이 금지된 터널을 빠져 나가 넓은 초원의 풀숲에 숨어서 "어머니에게 말하면 안 돼"라고 말하며 여러 가지를 알려주었습니다. 초등학교 3학년생이 어렴풋이 아는 그 감각. 저는 읽고 있던 책도 있어서 완전히 조숙한 소녀가 되었습니다.

아주 나중에 남자친구와 입맞춤을 했을 때 어딘가에서 이 감촉을 느껴본 적이 있다는 것을 알았습니다. 어린 시절, 저는 보통의 아이들이 아는 것 말고 비밀스러운 어른들의 세상을 탐지했던 것 같습니다. 그 결과 다른 아이들보다 감성이 훨씬 빨리 발달했고, 지식이 아닌 저 자신의 감각으로 여러 가지를 알게 되었던 것입니다.

또래 아이들이 저에게는 굉장히 어려 보였습니다. 제가 아주 빨리 어른이 되어가서 그런지 순진한 아이들을 보면 바보 취급을 하며 어딘가 불쌍히 여겼습니다.

패전 후 육군병원도 없어지고 군의관도, 환자복을 입은 병사도 찾아오지 않게 되었고 저도 원래 다니던 학교로 돌아가게 되었습니다. 이상하게 아무도 돌봐주지 않자 결핵이 다 나았습니다. 1945년을 계기로 사고방식도, 감각도 완전히 어른스러워져서 저는 동년배 아이들과 생활하기가 힘이 들었습니다.

처음 경험한
친구의 죽음

🌸　　　저는 조숙한 아이였습니다. 결핵으로 2년간 학교를 쉬었기 때문에 원래는 진급이 늦어져도 어쩔 수가 없었지만, 그 무렵 대부분의 아이들이 전쟁으로 공부를 하지 못하고 격리되었다가 돌아와서 선생님은 그대로 진급을 하게 해주셨습니다.

당시 공부를 곧잘 했기에 반장이 되었는데, 부반장인 남자아이가 비열하게 자꾸만 훼방을 놓았습니다. 그래도 선생님이 그것을 알아차리고 중재를 잘해주셔서 무사히 반장 생활을 끝마칠 수 있었습니다. 공부 중 특히 국어는, 의미도 모르는 채 매일 아버지의 책장에 있던 소설책을 탐독한 덕분에 따로 시간을 들일 필요가 없었습니다.

6학년 여름방학 무렵 저는 초경을 시작했습니다. 요즘 아이들은 성장이 빨라서 당연하게 받아들일지도 모르지만, 당시로서는 비정상적으로 빠른 것이어서 그때까지 아무것도 배우지 못한 상태였습니다. 학교는 물론 어머니에게서도.

저는 상처가 난 줄만 알았습니다. 속옷에 왜 피가 묻어났는지 영문을 모른 채 어머니께 말씀드렸더니 어머니는 굉장히 놀라셨습니다. 그때부터 조처를 취해주시고 어른이자 여성이 되었다며 찰밥에 삶은 팥을 넣어 찐 '세끼항(경사스러운 날이나 기념일에 먹는 일본의 전통음식)'을 지어야겠다고 말씀하셨습니다. 하지만 당시 세끼항은 사치품이어서 실제로 먹었는지, 안 먹었는지 기억이 잘 나지 않습니다.

그런 일이 있었던 탓에 여름방학 후 교실에서는 저 혼자 더욱더 어른이 되어가는 것 같았습니다. 그 무렵 저는 키가 커서 반에서 뒤쪽에 앉았습니다. 조숙했기 때문에 키가 초등학교 때 다 컸는지 중학교에 들어간 이후에는 친구들이 제 키를 추월해서 자리를 점점 앞으로, 앞으로 이동하지 않으면 안 되었습니다.

체육 시간에는 수업에 참여하지 않고 항상 가만히 앉아서 바라만 보았습니다. 결핵이 재발될 것을 걱정한 어머니는 매우 조심스러워하며 저에게는 집안일도 시키지 않으셨습니다.

아직까지 수영도 못하고, 자전거도 못 타는 것은 그때의 영향이겠지요. 때때로 엑스레이를 찍으면 그 흔적이 보이는 경우도 있었습니다. 몸과 마음의 건전한 발육이라는 관점에서 보면 저는 좀 비뚤어진 형태로 자랐던 것 같습니다.

언제나 저처럼 쉬는 시간이나 방과 후에 공을 차는 친구들을 바라보는 남자아이가 있었습니다. 말을 섞어보지 않아도 저는 그 아이의 마음을 알 수 있었습니다. 결코 부러워하는 마음은 아니었을 것입니다. 그저 천진난만한 아이들을 가엾게 생각했을 것이 틀림없습니다.

초등학생 때 집에 가는 길이 같은 친구 중에 얼굴이 유독 하얀 여자아이가 있었습니다. 반은 달랐지만 머리가 굉장히 뛰어난 아이로, 말 한마디 한마디에 그것이 묻어났고 저에게도 상냥하게 대해주었습니다.

그 아이를 한동안 만날 수가 없었는데 알고 보니 병으로 앓아누웠던 것이었습니다. 그것도 당시에는 치료 방법조차 모르는 백혈병에 걸린 것이었습니다. 병명과 그 아이의 이상하게 하얗던 얼굴색이 겹쳐졌습니다.

면회 사절로 병문안도 못한 채 그 아이가 하늘나라로 갔다는 소식을 들었습니다. 집에 찾아가 대면했을 때에는 이미 차갑게 식어 있었고, 손을 잡았을 때의 온기도 사라지고 없었습니다.

　지금도 그 아이의 단발머리와, 말수는 적어도 다른 사람의 마음을 꿰뚫는 듯한 투명한 눈동자, 흰 바탕에 검은 체크 상의 등이 선명하게 기억납니다. 제가 처음 경험한 누군가의 죽음이었습니다.

때때로 고인을 기억하며
이야기한다는 것

그 아이는 아직도 그때 나이 그대로 제 마음속에 살아 있습니다. 나이란 무엇일까요? 빨리 세상을 떠난 사람은 나이를 먹지 않고 살아생전 얼굴이 모두의 마음에 새겨져 언제까지나 그 모습 그대로 살아 있습니다.

저는 그 아이를 시작으로 돌아가신 분들을 가끔씩 떠올리며 화제로 삼곤 합니다. 그럴 때면 그들은 제 안에서 되살아나 생전 모습 그대로 소생합니다. 몸은 죽었어도 영혼은 살아서 문득 살아생전의 모습으로 나타나는 듯할 때가 있습니다.

회상한다고 하는 것은 죽은 사람을 되살리는 작업입니다. 이는 인간에게만 한정되지 않습니다. 기르던 고양이나 강아지도, 그리고 생명이 없다고 생각되는 물건도 살아 있는 사람이 그전 모습을 생각할 때면 그 형태 그대로 되살아난다고 말할 수 있습니다. 저는 그렇게 믿고 있습니다.

아무리 과학이 발달해도 죽음은 모두 '무(無)'에 이른다고 말하는 것은 한쪽 측면만 들여다보는 것이라고 생각합니다. 해와 달, 빛과 그늘, 모든 것에는 반드시 양면이 있고 죽음은 한쪽 면만을 빼앗는 것입니다. 나이에 관해서도 똑같이 생각할 수 있습니다. 호적에 기재된 나이가 아닌 그 사람이 가진 마음의 나이, 겉으로는 보이지 않는 자신만의 나이가 분명 있습니다.

충격적인
은사의 자살 소식

　　초등학교를 졸업할 무렵 새로운 제도가 도입되면서 중학교가 막 생기기 시작하였습니다. 아직 제도가 제대로 정착하지 않았던 그때, 사립 중학교에 지원을 해서 무사히 입학을 했습니다. 그 학교에는 오사카 상점가의 유복한 가정에서 자란 아이들이 많아서 그런지 조숙한 아이들이 꽤 있었던 것 같습니다.

　　중학교의 반명은 '매화', '복숭아', '벚꽃' 등 유치원 같은 이름이었습니다. 또 고등학교의 반명은 '달', '눈', '꽃' 등 마치 가극단 같은 이름이었습니다. 대학교 졸업식 때 입는 옷도 가극단을 연상시켰습니다. 실제로 가극음악학교에 가는 학생도 많았습니다. 친구들에게 이끌려 가극대극장을 가면 유명한 사람도 많이 볼 수 있었습니다. 그 당시는 가극의 황금기라고 말할 수 있었습니다.

저는 그 화려함을 보고 어쩐지 반감이 들었습니다. 패전의 날에 품은, 어른들은 믿을 수 없다는 느낌. 현실적으로 저는 저대로 살아가야겠다는 생각이 들었습니다. 어른들에게 의지하지 않고 스스로 살아가기 위해서는 정신적 자립과 함께 경제적 자립도 필수였습니다.

'다른 사람, 예를 들어 부모나 아이, 남편을 부양하는 것은 불가능해도 스스로 먹고살 정도는 되어야 한다. 그런데 이렇게 느긋하게 생활해도 되는 것일까? 이런 식으로 현모양처를 만드는 학교에 가도 괜찮은 걸까?'

우연인지 필연인지, 당시 가장 들어가기 어렵다는 고등학교를 졸업하고 교토대학교를 나온 재원이었던 담임선생님이 어느 날 저와 제 친구를 불러 이렇게 말씀하셨습니다.

"이제부터 여성도 스스로 살아가지 않으면 안 돼. 어렵더라도 좋은 고등학교에 지원을 해봐."

그러면서 방과 후 우리 둘에게 특별히 보충수업을 해주셨습니다. 그 덕분에 저는 친구와 함께 남녀공학 고등학교에 합격하게 되었습니다. 중학교 때까지는 별로 공부하지 않고도 1, 2등을 놓치지 않았는데 고등학교에 들어가니 수재들 천지였습니다. 자신 있는 국어를 제외하고 수학이나 화학 등은 시험을 볼 때마다 가슴이 조마조마했습니다. 결국 원래 지망하려 했던 교토대학교는 무리라는 말을 듣고 세 과목만 시험을 보면 되는 와세다대학교에 지원을 하게 되었습니다.

와세다대학교 교육학부 국어국문학과에 들어가 생활하던 어느 날, 늦봄인가 초여름이었습니다. 신문을 읽고 있던 저는 두 눈을 의심하지 않을 수 없었습니다. 우리에게 보충수업까지 시켜주며 자립의 길을 재촉하셨던 그 교토대 출신 선생님의 자살 소식이 실려 있었기 때문입니다.

선생님은 그 무렵 도쿄의 어느 고등학교에서 학생들을 가르치고 있었는데 서로 바쁜 탓에 오랫동안 못 만나고 있었습니다. 다니시던 학교의 한 교실에서 자살을 한 선생님. 같은 학교 남자 교사에게 실연을 당해 그 같은 선택을 한 것이었습니다. 저는 충격을 받아 한동안 꼼짝도 할 수 없었습니다.

"선생님, 당신은 우리를 격려해주고 자립하도록 설득하며 나아갈 길을 안내해주셨는데, 그런 선생님이 어째서 실연을 당했다고 죽음을 선택해버린 것인가요?"

초등학교 3학년 때부터 어렴풋이 생각하고 있던 앞으로의 길을 안내해준 은사의 자살. 저는 배신을 당한 듯한 기분이 들기도 했습니다.

선생님 관련 기사는 여성지에도 실려 탐독해보았는데 남자에게 속은 것에 대한 원통함이 열거되어 있었습니다. 그것을 끝까지 읽기가 괴로웠던 기억이 있습니다.

당시 저로서는 선생님의 마음을 이해할 수가 없었습니다. 저는 초등학생 시절 우유 배달하는 청년을 남몰래 좋아하며 애태우기도 했고, 고등학생 때에는 손도 잡지 않고 걸었던 남자친구가 있었지만 진짜 사랑은 아직 잘 몰랐습니다. 더욱이 실연이라고 하는 형태의 궁지로 마지막까지 몰려 죽음을 선택한 그 마음을 이해하는 것은 절대 불가능했습니다. 사회생활을 시작한 후 만난 어떤 남자와 10년 가까이 사귀다 이별의 순간이 찾아왔을 때 겨우 선생님의 마음을 조금 이해할 것 같았습니다.

얼굴이 하얗고 조금 통통하며 머리카락은 갈색의 부드럽고 처지는 모발로, 둥근 안경을 쓰고 높고 날카로운 목소리로 이야기를 하시던 그 이지적인 선생님의 어디에 그런 정열이 숨어 있었던 걸까요. 지금도 선생님의 얼굴이며 목소리까지 그때 그대로 제 귓전에 맴돌고 있습니다.

그 당시 선생님이 몇 살이셨는지 정확히 알지는 못하지만 아마도 30대였을 거라고 생각됩니다. 그때 세상을 떠난 선생님은 언제까지나 30대 그대로입니다. 가르침을 받았던 제가 어느새 그 나이를 뛰어넘어 일반적으로 후기 고령자라고 불리게 되었어도 선생님을 떠올릴 때면 저는 언제나 교복을 입고 머리를 양 갈래로 땋은 소녀로 돌아가 있는 것입니다.

오로지 책만 읽던
대학 시절

대학 시절은 우울한 시기였습니다. 저는 제 자신의 껍데기 안에 갇혀, 자기표현을 하고 싶어 출구를 찾으려 해도 찾지 못하고 있었습니다. 정신적으로 문제가 있을지 모른다는 생각에 병원에도 여러 차례 가보았지만 이상한 점은 발견되지 않았습니다.

대학교는 사람이 무척 많아서 학교 근처에 있는 역에서 정문까지 가는 만원 버스 안에서 남학생들에게 눌려 숨이 막힐 지경이었습니다. 학교 정문 앞에 있는 계단을 오를 때에도, 강의실에 들어가 한쪽 구석에 자리를 잡을 때에도 사람들과 잘 어울리지 못해 마음이 즐거울 일이 별로 없었습니다. 과 동기들은 같이 식사를 하거나 차를 마시며 신나게 떠들곤 했는데 그것은 제가 제일 못하는 것이었습니다.

와세다대학교는 학생운동이 왕성해 데모에 동원되거나 학교 근처에 모여 동급생의 지휘봉에 맞춰 노래를 부르곤 했습니다. 저도 노래를 좋아해서 참가해보았지만 학생운동에 관심이 없다 보니 도무지 적응이 안 되었습니다. 수업도 흥미가 있는 과목 외에는 대리출석으로 때우곤 하였습니다.

혼자 있는 시간이 많다 보니 하루하루가 느리게 흘러가는 것 같았습니다. 그때 졸업 논문으로 고른 하기와라 사쿠타로의 시 세계에 빠져들었습니다. 그의 작품에서 영감을 받은 저는 누구에게 보여줄 것도 아니면서 짧은 글을 쓰곤 하였습니다. 시간을 때우기에는 책만 한 것이 없어서 이때 이것저것 닥치는 대로 읽는 버릇이 생겼습니다. 좋아하는 시를 모조리 읽고 그와 비슷한 것을 써보기도 하였습니다. 중학교, 고등학교, 대학교 때 소녀 소설부터 순문학,《삼국지》등 장편의 역사서까지 다 읽고 나니 성취감이 들었습니다.

그 무렵의 저를 기억하고 있는 사람은 의외로 많았습니다. 언제나 위아래 검은 옷만 입어 눈에 띄었는지 '작은 악마'라고 불렸습니다. 특히 겨울철에는 검은 망토에 아직 누구도 신지 않았던 모피 달린 검은 부츠를 신어 눈에 더 띄었던 것 같습니다. 내향적이었다고 하는 것은 바꿔 말하면 자아도취에 빠져 남들 눈에 띄고 싶었던 것이라고 말할 수 있습니다.

그때 저는 스스로 글을 쓰는 사람이 되고 싶다고 인지하지 못하고 그저 이렇게만 생각하였습니다.

'시나 소설을 써서 자기표현을 하고 싶다.'

하지만 전부 자신이 없어 입 밖으로 꺼내지는 못했습니다. 그런 시기에 같은 강의를 듣던 여학생 쿠로다 나쓰코가 말을 걸어왔습니다.

"동인지를 내려고 하는데 들어올래?"

아마도 대학 시절 혼자서 침울해하고 있던 저에게서 비슷한 분위기를 느껴 동인지를 권유한 것이었겠지요. 그녀는 어머니가 네 살에 돌아가시고 대학교수인 아버지와 둘이 고치 속에서 자란 듯 자기만의 세계를 가지고 있었습니다.

그녀를 중심으로 한 동인지 〈모래성〉에는 와세다대학교뿐 아니라 도쿄대학교 학생들의 글도 실려 있었습니다. 모임에 가끔씩 참가하기는 했지만 모처럼 그녀가 보내준 호의를 끝내 받아들이지 않았던 저는 〈모래성〉에 작품을 발표한 적이 없었습니다. 사람들에게 제가 쓴 작품을 보여줄 자신이 없었습니다. 그러면서도 자기과시 욕구는 남들보다 배나 많아서 남들이 잘 하지 않는 것들을 눈에 띄게 몸에 달고 다녔던 것입니다.

그녀는 그때부터 소설을 써서 동인지에 계속 연재를 하였습니다. 그 뒤 때때로 〈모래성〉을 받아 펼쳐보면 반가운 마음이 들었습니다.

그녀는 생계를 유지하는 것 외에는 전부 글을 쓰는 것에 집중해, 일흔다섯 살의 나이에 아쿠타가와상을 수상하였습니다. 그 소식을 듣고 그녀보다도 그동안 함께해온 저와 다른 친구들이 더 기뻐했습니다. 기자회견 날에도 제가 오히려 눈물을 흘리고 그녀는 담담한 모습이었습니다.

너무 바쁘면
나이도, 시간도 멈추는 듯

저는 NHK에 9년간 몸담았습니다. 처음부터 10년 안에 그만둘 생각이었는데 체감적으로는 9년도 다니지 않았던 것 같습니다. 겨우 5년 정도 지난 느낌이 들었습니다.

원래 활자와 관련된 일을 하고 싶었는데 당시 여성을 채용하는 곳이 없어서 신문사나 출판사는 포기할 수밖에 없었습니다. 그러다 막 생겨난 민영방송이나 NHK에서 제작이나 기자는 상관없지만 아나운서는 여성의 목소리와 얼굴을 필요로 해 응시를 하게 되었습니다. 언어를 다룬다는 의미에서 보면 생각해왔던 것과 가까웠기에 방송국을 닥치는 대로 지원해, 처음에 발표가 난 NHK에 들어가게 되었습니다. 동기생은 남성 열아홉 명, 여성 네 명이었습니다.

입사 후 나고야에서 근무하게 되었는데 마침 이세만 태풍이 불어닥쳐 영문도 모른 채 보도의 소용돌이에 휩쓸려야 했습니다. 그런데 어쩔 수 없이 먹고살기 위해 찾아낸 아나운서라는 일 속에서 저 자신을 발견하기 시작했습니다.

그 무렵 나고야에 두 명의 여성이 전근을 왔습니다. 그중 한 명은 저보다 한 살 위로, 모든 면에서 우수해 감히 흉내도 낼 수 없을 정도였기에 나라고 하는 사람의 특기를 발견해내지 않으면 안 되었습니다. 그녀도 저처럼 처음부터 아나운서를 목표로 한 것은 아니었습니다. 그녀는 배우가 되고 싶어 했고, 저는 글 쓰는 일을 꿈꾸었습니다. 자신들의 현재 위치를 소중하게 생각하기는 했지만 장래의 목표는 따로 있었습니다.

나고야에서 보낸 시간이 제일 기억에 남고, 도쿄에 돌아온 후의 일은 별로 생각나지도 않습니다. 어쨌거나 너무도 바빴고, 전부 생방송이라서 시간에 쫓기며 생활할 수밖에 없었습니다. 저의 생각과 별개로 왜 그런지 아나운서가 적성에 잘 맞는 것처럼 비쳐지는 바람에 방송 스케줄이 계속 잡혀 그것들을 겨우겨우 소화해냈습니다. 방송 하나가 끝나면 곧바로 잊어버리고 다음 방송에 몰두하지 않으면 안 되었습니다. 매일 끝낸 대본이 산더미처럼 쌓일 정도였습니다.

인간의 뇌가 허락하는 양은 정해져 있는 것 같습니다. 전부 밀어 넣는 것은 불가능해 하나를 잊고 다시 하나를 기억하는 방식으로 돌아가는 듯합니다. 어떻게 기억하는지는 어떻게 잊느냐에 달려 있습니다. 잘 잊는 것이 중요합니다. 알츠하이머병은 문제가 되지만 잊는 것을 두려워할 필요는 없습니다. 하나를 잊으면 새로운 하나를 기억하면 되는 것입니다.

그 무렵 저는 잊는 것이 일상이었습니다. 다른 사람의 이름, 핸드백 등. 자꾸만 스튜디오에 물건을 두고 와서 그 뒤를 따라가 보면 저의 행선지를 알 수 있다는 말까지 들을 정도였습니다. 그때에 비해 지금은 오히려 물건을 잘 안 잃어버리고 있습니다.

그 당시에는 지난 일을 잊으면서 다음 일을 차례차례 소화해내기에 바빠 일을 즐기는 것과는 거리가 멀었던 것 같습니다. 제가 좋아하는 음악방송에서 오스트리아의 지휘자 카라얀이나 소련의 바이올린 연주가 오이스트라흐의 연주도 그냥 들을 수 있고, 이탈리아 오페라의 공연과 환상의 테너 마리오 델 모나코의 〈팔리아치〉 등을 일하면서 들을 수 있었던 것 외에는 좋은 것이 별로 없었습니다. 바쁘면 마음을 잃는다고, 그때 저의 마음은 제 안에 자리 잡지 못하고 공중에 떠 있었는지도 모르겠습니다.

차분하게 하루하루를 내 안에서 음미하지 못하고 시간은 눈 깜짝할 사이에 지나버렸습니다. 어떤 방송을 했는지, 거기서 누구를 만났는지 거의 기억하지 못했습니다. "처음 뵙겠습니다"라고 인사하면 "아니, 지난번에 뵌 적 있잖아요?"라는 식의 반응이 돌아올 때가 많아 이후 그 인사는 금기어가 될 정도였습니다.

사무실에서 짜주는 스케줄대로 방송국이나 스튜디오를 전전하며 불과 얼마 안 되는 이동 시간 동안 짬짬이 잠을 청했던 그때. 저는 그런 생활을 반복하며 인형극의 주인공처럼 저 자신의 시간이나 나이 같은 것은 인식할 여유가 없었습니다. 다른 사람에게 조종당한 그 시간 동안은 나이를 안 먹은 듯한 느낌입니다. 그러니까 NHK에서의 9년이라는 시간이 짧게 느껴지는 것은 어찌 보면 당연한 일인지도 모릅니다.

사랑도 잃고 일도 잃었던
내 인생의 공백기

살다 보면 일이 생각처럼 잘 안 풀릴 때가 있습니다. 그럴 때 원인이 무엇인지 찾아내야 나중에 같은 실수를 반복하지 않을 수 있습니다. 제 경우 일과 사생활의 변화 시점이 겹친 것이 실패의 원인이었습니다.

저는 항상 제가 할 일을 스스로 선택해왔습니다. 그것은 패전의 날에 자신에게 맹세한 것이기도 했습니다. 물론 제가 생각했던 길이 아니더라도 그때그때 주어진 상황에서 열심히 달려왔습니다. 특히 일이 괴롭고 힘들기에 한층 더 즐길 거리를 찾으려고 노력했습니다. 일은 즐겁게, 취미나 연애 등의 사생활은 일처럼 진지하게 하는 것을 모토로 삼았습니다.

NHK의 일은 남들에게 절정을 달리고 있는 것처럼 비춰졌지만 저는 개인적으로 도약할 준비를 하고 있었습니다. 10년 이상 질질 끌었다가는 그만 주저앉게 될 것만 같았습니다. 글을 쓰기 위해 NHK를 그만두겠다는 생각 따위는 하지 않게 될까봐 두려웠습니다.

그러던 어느 날 기회가 찾아왔습니다. 어느 민영방송에서 저를 메인 진행자로 해서 방송을 하고 싶다고 제안을 해왔습니다. 당시 민영방송은 시작한 지가 얼마 안 되었기 때문에 사람이 부족해 NHK에서 인재를 스카우트하는 일이 많았습니다. 여성으로서는 제가 두 번째로 스카우트 대상에 올랐습니다.

저의 예상보다 빠른 7년째. 당시 저는 아직 20대였습니다. 그때 저는 직감적으로 이렇게 느꼈습니다.

'그래, 이건 두 번 다시 오지 않을 기회다!'

저는 최종적으로 제가 뽑힐 것이라고 예상했습니다.

그 당시 저는 연애를 하고 있었는데 남자친구는 대학생 때 객석에서 한 번 보고 어떤 인연을 느꼈다가 방송국 일로 다시 만나 매일같이 서로를 남몰래 기다리는 사이였습니다. 그렇게 멋진 남자친구는 세상에 없을 거라고, 저만큼 행복한 사람은 없을 거라고 생각하였습니다.

저는 일적으로 한 단계 도약하기로 결심했다고 남자친구에게 이야기했습니다. 그러자 다음 날 그가 말했습니다.

"어머니가 반대하셔. NHK에 계속 다니는 것이 좋겠어."

우아하고 화려한 그의 어머니는 저를 예뻐해주셨지만 사고방식은 매우 보수적이었습니다. 남자친구도 어머니의 그런 면을 이해 못 하는 듯했지만 부모님의 이혼으로 아버지와 떨어져 어머니와 단둘이 생활하다 보니 어머니의 뜻에 따르게 된 것 같았습니다. 실로 사이좋은 모자지간이었으니까요.

어머니의 의견을 핑계로 남자친구가 자신의 생각을 돌려 말했다고 판단한 저는 곰곰이 고민해본 끝에 NHK에 계속 다니기로 했습니다. 그 정도로 저는 그에게 빠져 있었습니다. 두 번 다시 그때의 나로 돌아갈 수는 없겠지만 그는 생각만 해도 눈물이 흐를 만큼 좋은 사람이었습니다.

이 일은 저 자신의 직감에 따르지 않고 다른 사람의 의견을 듣고 결정한, 그전에도 그 후로도 없었던 경험이었습니다. 그 결과 저는 NHK에 그대로 남겨졌고, 스위스로 유학을 떠난 그와의 사이에 눈에 보이지 않는 골이 깊어지면서 결국 헤어지게 되었습니다.

그러고 나서 3년 후 다시 기회가 찾아와 망설이지 않고 결정을 하였지만 이미 태양은 제 등 뒤에서 멀어져 지평선으로 지고 말았습니다. 처음부터 인선에서 흔들려 1년 만에 종방을 하는 지경에 이르렀던 것입니다.

사랑도 잃고 일도 최악이 된 상황에서 저는 나락으로 떨어졌습니다. 다른 사람들에게 그렇게 비춰지는 것은 또 싫어서 일부러 밝게 행동하며 저답지 않게 많은 남자들과 어울리기도 하였습니다. 매일 밤마다 긴자나 신주쿠에서 술을 마시고, 들어오는 일은 뭐든 다 하였습니다. 아침에 북해도로 출발해 석양을 보고 규슈로 넘어가는 강행군도 서슴지 않았습니다. 일단 어떻게 해서든 한가할 틈을 만들지 않았습니다.

시간적 여유가 생기면 견딜 수가 없었습니다. 저는 일이 순조롭게 안 풀릴 때면 개인적인 시간을 충실히 보내려고 하는 편이었지만 이때만큼은 그러지 못했습니다. 음악회나 극장에 가면 그와의 추억이 머릿속에 가득해져 그런 장소는 전부 피할 수밖에 없었습니다.

나락으로 떨어지고 나서 5년이라는 시간이 흘렀지만 나 자신이 무엇을 하고 있는지, 무엇을 생각하고 있는 건지 전혀 알 수

없었습니다. 이때가 저의 공백기였다고 볼 수 있습니다. 그것은
전부 제 선택에 따른 결과였습니다. 다른 사람의 의견에 따른 것
도 결국 제 선택이었으니까요.

목적만 달성하는
인생은 재미없지

1977년 3월부터 반년간 저는 이집트에 머물렀습니다. 이집트에 간 이유는, 중근동(중동과 근동, 리비아에서 아프가니스탄까지의 북아프리카와 서아시아)이 좋기도 했고 또 거처도 있었기 때문입니다.

방송국에서 일하던 남편이 중동 특파원으로서 레바논의 수도 베이루트에 지국을 설치했는데 내전이 계속되는 바람에 지국을 다른 곳으로 이동하지 않으면 안 되었습니다. 그래서 반년 가까이 런던에 머물다가 카이로로 옮기기로 결정하고 살 집을 구하기 시작했습니다.

다른 매스컴의 지국들도 카이로로 이전하고, 은행이나 회사도 베이루트에서 철퇴를 하였습니다. 앞으로는 지중해가 펼쳐지고 뒤로는 산을 짊어지고 있는 프랑스의 위임 통치령이었던 레바논의 베이루트는 멋진 도시로, 옛날 영화에 등장할 법한 화려한 호텔들이 해변가에 늘어서 있었습니다. 그러면서도 한편으로는 팔레스타인 난민 캠프가 많아 이스라엘의 공격이 끊이지 않는 위험한 장소이기도 했습니다. 저도 남편이 그곳에 있는 동안 난민 캠프를 취재하거나 시리아, 요르단 등에도 가곤 했지만 진짜 사는 듯한 느낌이 든 것은 이집트가 처음이었습니다.

모든 것이 일본과 반대되는 가치관으로 가득했는데, 그런 것들이 저의 상처받은 마음을 달래주어 모든 사람을 불신하게 될 뻔했던 위기에서 구제해주었습니다. 시간관념도 완전히 달랐습니다.

어느 날 해 질 녘, 우리는 차로 30분 거리에 있는 이집트 북동부의 '기자'라는 곳에 피라미드를 보러 갔습니다. 그곳에는 피라미드의 한쪽 바위에 걸터앉아 저녁 바람을 쐬고 있는 사람이 있었습니다. 안장 없는 말을 타고 이리저리 달리는 아이들도 있고, 잘 꾸며진 낙타 주변에서 피라미드를 보러 온 관광객들의 눈길을 끄는 남성들도 있었습니다.

그중 한 사람, 피라미드에 버금가는 큰 사막을 향해 여행을 가는 듯한 노인이 있었습니다. 당나귀의 등에 짐을 동여매고 그는 도대체 어디로 갔던 것일까요? 낮 동안의 더위를 피해 밤에 여행을 떠나는 것은 이해가 되지만 언제 어디에 다다를 작정이었던 걸까요?

흔히 우리는 언제 어디에 도착할지 결정하고, 목적지에서 역으로 계산해 출발을 합니다. 아침에 회사에 출근하기 위해 한 시간 전에 집에서 나오고, 이를 위해 그 한 시간 전에 일어나 준비를 하고 아침 식사를 끝냅니다. 이처럼 사람의 인생도 정년이 60세라고 보고 그때부터 역으로 계산해 집을 사거나 결혼을 하고 아이를 낳아야 한다고 생각합니다.

미래를 설정하고 거기서부터 역으로 계산하는 것이 진정한 삶일까요? 저는 사막을 향해 가는 노인을 보며 깨달았습니다.

'그는 지금부터 미래를 향해 가고 있다. 언제 도착할지는 신만이 안다. 인샬라(신의 뜻대로)!'

저는 그때 처음으로 시간은 지금부터 미래를 향해 간다는 것을 알게 되었습니다. 그때까지의 짧은 삶은 진정한 삶이었는지 의문이 들었습니다.

이집트에서 생활하며 배운 것은 도착한 시간이 도착한 시간, 완성된 시간이 완성된 시간이라는 것이었습니다. 이때의 경험이 저로 하여금 3, 4년에 걸쳐 발로 뛰어 조사해 논픽션을 쓰는 일에 도전하게 해주었습니다.

이집트에서
진짜 인생을 배우다

          그 밖에도 이집트에는 우리가 잊고 있던 여러 가지
지혜의 보고가 있었습니다.

이슬람교에는 라마단이라고 하는 행사가 있습니다. 1년에 한
번 한 달간, 해가 떠 있는 동안에는 음식을 먹을 수 없는 혹독한
행사입니다.

낮에는 모두 멍해서 일을 거의 못 했습니다. 그러다가 해가 지
기가 무섭게 평소의 몇 배나 되는 음식을 차려 밤새 먹고 즐기곤
했습니다. 집집마다 조명이 번쩍번쩍 빛나고 온 마을이 축제로

소란스러웠습니다. 그때 처음으로 라마단이라고 하는 혹독한 행사가 지금까지 계속되는 이유를 이해하게 되었습니다. 일출부터 일몰까지 단식을 하면서 그 후 식사를 하는 것이 얼마나 고마운 일인지 알게 되었던 것입니다.

'여행객이나 마침 그곳을 지나가는 사람에게도 나누어주고, 신이 내려주신 것을 받는다.'

신앙으로 인한 지혜였습니다. 라마단이 끝난 후에는 마치 정월처럼 달달한 과자를 구우며 행운을 기원했습니다.

당시 저희 집(방송국의 지국이었지만)에는 가사도우미와 운전기사가 있었습니다. 스물여섯 살이었던 가사도우미는 머리도 좋고 요리 실력도 좋았습니다. 그녀는 제가 자신보다 어리다고 생각해 저를 잘 보살펴줬고, 함께 영화를 보러 가거나 그녀의 집에 놀러 가기도 하였습니다. 동양인이 어려 보여서 그런지 아마도 저를 스무 살 정도로 생각했던 것 같습니다.

운전기사는 말수가 적고 무던한 성격으로, 경건한 이슬람교도였습니다. 그는 하루에 다섯 번 빠짐없이 기도를 하였습니다. 그리고 그의 집 앞을 지나갈 때에는 갓난아기를 안고 나와 보여주기도 하였습니다.

저는 매일 그 둘을 만나는 사이 사람을 불신하는 마음이 사라지는 것을 느꼈습니다. 소박하지만 따뜻한 마음을 가진 이집트의 서민, 그리고 우리가 잊어버렸던 가치관.

그곳에서 반년이라는 시간을 정말 충실하게 보냈습니다. 몇 년 분에 상응할 정도로 보람찼던 날들. 그때 제 안에 겹겹이 쌓인 것 도 몇 년 분에 상응할 것입니다.

60살, 좋아하는 일을
시작할 나이

만 60세가 되었을 때 주변에서 "환갑잔치 해야지"라는 말을 참 많이 하였습니다. '환갑(還甲)'의 뜻을 풀어보면 60갑자의 갑(甲)으로 다시 돌아왔다는 의미이기 때문이겠지요. 여기서 일단락을 짓고 앞으로 다시 새롭게 태어난다는 의미로 생각할 수 있습니다. 저는 성격상 축하 파티나 행사 등은 좋아하지 않지만 그때만큼은 제가 하고 싶은 것을 해보기로 했습니다.

이집트에서 돌아온 후 점차 나아갈 길이 보이기 시작하였습니다. 그때까지 방송 일과 글 쓰는 일을 양립하면서 조금씩 활자와 관련된 일을 늘려가고 있었습니다. 어디쯤에선가 일단락을 짓지 않으면 그대로 질질 끌려가고 말 것이 분명하였습니다.

저의 생각과 달리 세상 사람들은 저를 방송 일을 하는 사람이라고 생각하였습니다. 물론 NHK에 몸담으면서 얼굴이 조금 알려졌기 때문에 일도 끊임없이 해올 수 있었고, 어떻게든 먹고살수 있었던 것은 사실입니다. 그러나 어느 지점에선가 일단락을 짓지 않으면 안 되었습니다.

이집트의 사막에서 여행을 떠나던 노인의 모습을 본 뒤로 저의 시간 감각은 완전히 변하였습니다. 이제부터 미래를 향해 나아가며 원고가 완성되었을 때가 완성된 때라고 생각하면서 본격적으로 글을 쓰는 데 집중하게 되었습니다. 그 덕분에 더욱더 노력과 시간을 들여 논픽션에 도전을 하였습니다.

우선 저희 할머니의 전기를 쓰기로 하였습니다. 시골 마을 지주의 며느리로서 놀기 좋아하고 밖으로만 도는 남편 대신 모든 일을 도맡아 하시고, 남편을 잃고서 농지 개혁으로 모든 것을 잃고 난 후 새끼줄을 팔아 번 돈을 마을의 교육기금으로 부모 없는 아이들에게 기부하신 할머니. 그 인생을 한 권의 책에 담아《생각해보면 덧없는 인생》이라는 제목으로 출간하게 되었습니다. 책의 제목은 할머니가 만들어 부르시던 노래의 1절을 인용한 것이었습니다.

 그 후로 한 권, 두 권 책을 쓰면서 저는 글을 쓰는 것의 고단함과 즐거움을 알게 되었습니다. 글을 써달라는 부탁에는 전부 응하였습니다. 조금 음란한 신문이나 스와핑 잡지에도 연재를 하였습니다. 모두 공부가 된다고 생각해 아무리 분량이 적은 글도 거절한 적이 없습니다. 그 결과가 점차 눈앞에 나타나기 시작하였습니다. 제 생각이 결실을 맺어가는 것의 즐거움을 알게 되었던 것입니다.

이제부터 내 나이는
영원히 60살

60살부터 저는 새롭게 다시 태어나 제가 좋아하는 것을 하나씩 해나가기로 결심하였습니다. 그때 생각했습니다.

'차라리 여기서 나이 먹는 것을 그만두자. 그러기 위해 일단락을 짓자.'

내가 좋아하는 것이 무엇인지 생각했을 때 주저 없이 떠오른 것이 노래였습니다. 스스로 기획도 하고 연출도 하고, 피아노 반주 외에는 전부 제가 해보기로 하였습니다.

저는 중고생 시절에 도쿄예술대학교 출신 선생님에게서 노래를 배운 적이 있었습니다. 전쟁 후 겨우 안정이 되어 연주회도 열게 되었을 즈음 저는 프리마돈나를 꿈꾸었습니다. 거울 앞에 서서 몸에 침대 시트를 휘감거나 입에 장미꽃을 물고 〈춘희〉나 〈카르멘〉 등 아리아의 흉내를 내곤 하였습니다.

'나도 저렇게 화려한 무대에서 노래하고 싶다.'

동경하는 마음이 점점 커져 방과 후에 선생님을 찾아가보았습니다. 대학을 선택하기 전에 선생님에게 상담을 하니 다른 노래라면 괜찮겠지만 오페라는 수천만 명 앞에서 마이크 없이 목소리가 전달되지 않으면 안 된다고 하였습니다. 그 말을 듣고서 작고 마른 내 몸으로는 불가능하다는 것을 깨닫고 모든 것을 그만두고 그냥 듣기만 하는 쪽으로 방향을 바꾸었는데 그 꿈이 되살아난 것이었습니다.

'그래, 노래 리사이틀을 해보는 거야!'

취미 삼아 오페라 가수이면서 예대에서 학생들을 가르치고 있는 분에게 레슨을 받아 발성 연습을 한 결과 오페라 아리아를 그럭저럭 부를 수 있게 되었습니다. 그러나 저도 제 분수는 알고 있었기에 샹송을 일곱 곡 하고, 오페라 아리아를 앙코르로 〈나비부인〉과 다른 한 곡 정도만 부르기로 하였습니다. 사람들이 앙코르를 외치든 말든 부르기로 하였던 것입니다. 그 뒤로 그날을 맞이할 때까지 정말 즐거웠습니다. 역시 좋아하는 일을 하는 것은 행복하였습니다.

60살인 만큼 60명을 초대하기로 하고, 이제까지 저를 지지해 준 친구들과 지인들만 엄선해 지방에서도 올라오도록 하였습니다. 장소는 어느 프렌치 레스토랑. 음악을 무척 좋아하는 지인이 프로 성악가나 연주가를 초대해 디너쇼를 열곤 하던 가게를 하룻밤만 빌리기로 한 것이었습니다.

딱 60인분의 풀코스를 이제까지의 감사한 마음을 담아 모두에게 대접하고, 식사가 다 끝난 후 잠깐 쉬면서 제 노래를 듣는 시간을 마련하기로 하였습니다. 우선 에디트 피아프의 노래를 시작으로 친한 사람들이 즐겨 부르던 노래, 제 18번 등 샹송을 일곱 곡 부를 계획을 세웠습니다.

제가 60살이 되었다는 것은 모두 알고 있었기에 각지에서 친한 사람들이 달려와주었습니다. 사회자는 물론 저였습니다. 모임의 취지를 설명하고 서로 환담을 나누면서 식사를 하였습니다. 와인도 제가 음미를 해보고 직접 골랐습니다. 저는 각 테이블을 돌면서 한 명, 한 명 모두와 이야기를 나누었습니다.

디저트가 나오기 전 잠깐 쉰 다음 드디어 리사이틀이 시작되었습니다. 뭔가 순서가 바뀌지 않았냐고요? 보통 디너쇼에서는 노래를 들려준 다음 식사를 하는데, 그 순서를 바꿔서 식사를 먼저 한 데에는 이유가 있었습니다. 먼저 맛있는 것을 먹고 나면 나가고 싶어도 가만히 참고 노래를 들을 수밖에 없을 거라고 생각했기 때문입니다.

공연의 구성도 제가 했기에 적당히 애드리브를 넣으면서 무사히 일곱 곡을 마쳤습니다. 그러고 나서 앙코르 시간, 물론 사람들의 앙코르는 있었습니다. 만약에 대비해 바람잡이도 심어놓았었으니까요.

관객 중에는 편집자나 방송국 관계자 등 일과 관련된 사람도 있고, 개인적으로 친한 친구나 지인도 있었습니다. 제 일을 뒤에서 지지해주는 사람들도 물론 있었습니다. 성대한(?) 앙코르에 응해 드디어 〈나비 부인〉을 불렀습니다.

본격적으로 부르면 꽤 긴데, 높은 음역부터 대사 부분까지 그럴듯하게 해서 저 자신은 정말 만족하였습니다. 손님들이 어떻게 생각했을지는 궁금해할 필요가 없었습니다. 제 기분이 좋았으면 그만인 것입니다. 틀림없이 프랑스 요리는 맛있었을 테니까요. 그러한 사실은 누구도 부정할 수 없었기 때문입니다. 마지막으로 모두에게 감사의 인사를 전하고 무사히 끝맺음을 하였습니다.

그날을 위한 예산은 미리 모아둔 상태였습니다. 그저 한 가지 아쉬웠던 점은, 제가 조금 흥분한 것이었습니다. 저는 사람들 앞에서 이야기를 하거나 낭독을 할 때 침착함을 잃은 적이 거의 없었는데 노래는 다르다는 것을 깨달았습니다. 노래방에서도 여러 장르의 노래를 부르곤 했지만 역시 무대는 다를 수밖에 없었습니다. 남편은 듣기 싫다며 제가 노래를 부르는 동안 밖에 나가버렸는데 그것이 정답이었을지도 모릅니다.

어쨌든 리사이틀을 끝내고 나니 기분이 후련하였습니다. 이것으로 저의 60년 세월과는 작별을 하였습니다. 이로써 저에게는 더 이상 나이가 없어졌습니다. 이제부터 다시 시작하는 인생, 다시 한 번 0살부터 나이를 먹어가는 것이 가능해진 것입니다. 그런데 0살이라고 하면 이제까지의 인생을 부정하는 것이 되기 때문에 제 나이는 60살에서 끝내기로 하였습니다.

앞으로 몇 년이 지나도 제 나이는 60살. 누군가 제 실제 나이를 언급한다고 해도 그것은 남들이 보는 나이에 지나지 않는 것, 제 나이는 저 스스로 정하기로 하였습니다.

나이 따위,
신경 쓸 여유가 어디 있어?

가슴 아픈 실연과 일에서의 불운이 한꺼번에 몰아쳤던 30대, 그것은 모두 제가 자처한 것이었습니다. 그에게 아무리 빠져 있었다 해도 스스로 결정하지 않고 남의 의견을 따른 것이었기 때문에 그 결과가 제 자신에게 되돌아오는 것은 당연하였습니다. 그러면서도 한편으로는 저에게도 그렇게 사랑스러웠던 때가 있어서 다행이라는 생각이 들기도 합니다.

어쨌거나 얻은 것은 있었습니다. 두 번 다시는 남의 의견에 따라 결정하지 않겠다고 다짐하게 되었던 것입니다. 그리고 그다음 선택의 시기가 물밀듯이 다가왔습니다. 저는 직감적으로 그것을 알 수 있었습니다.

'무언가가 다가온다, 이제껏 경험해보지 못한 엄청난 것이!'

그것은 머지않아 실체를 드러냈습니다. 청천벽력이라고 하는 것은 이런 것을 말하는 듯했습니다. 바로 제가 자전거진흥회의 회장 후보로 거론이 된 것이었습니다.

처음에는 당치도 않은 일이라며 거절을 했지만 여성에게는 좀처럼 찾아오지 않는 기회임이 분명하였습니다. 경륜 수익금을 복지나 문화에 어떤 방식으로 사용할지 정하는 일을 하는 직책이었습니다. 조직에 몸담고 있는 사람들, 특히 그런 남자들에 대해 거의 글을 쓰지 않았던 저로서는 그 세계를 알 수 있는 절호의 기회였습니다. 결국 자전거도 못 타는 제가 회장직을 맡게 되었습니다.

저에게 있어서 일대 전환기가 될 것을 알고 있었습니다. 각오를 다지고 이다음에 다양한 글을 쓰기 위해서 내향적인 성격을 적극적으로 외향적인 성격으로 바꿔보기로 결심하였습니다. 주제넘게도 그렇게 생각하고 전혀 모르는 조직에 들어가 무려 6년간이나 일을 하였습니다.

처음 1년 동안은 분위기를 살피기 위해 가만히 숨죽이고 있었고, 2년째부터는 인사에까지 손을 뻗쳐 수동적인 조직을 능동적인 조직으로 바꾸기 위해 노력하였습니다. 광고나 홍보 방법을 바꾸기도 하였습니다. 그렇게 6년간 부지런히 달리다 글 쓰는 일에 복귀를 하였습니다. 물론 그러는 사이에도 칼럼을 쓰거나 책을 펴내 베스트셀러 대열에 오르기도 했지만, 이윽고 글 쓰는 일에 돌아오려고 했을 때 제 안에서는 이제까지 글을 마음껏 쓰지 못한 것에 대한 스트레스가 상당히 쌓여 있었습니다.

출판사에서 출간 제안이 들어왔을 때의 기쁨은 이루 말할 수 없었습니다. 그렇게 낸 책《가족이라는 병》이 베스트셀러 1위에 올랐고, 그 후에도 계속 책을 펴냈습니다.

'이제까지 너무 아름다운 이야기만 썼던 건 아닐까? 나 자신을 드러낼 용기와 각오는 갖추고 있는 걸까?'

《가족이라는 병》을 펴낸 이후 저는 글을 쓸 때 외부에서 정보를 모으는 것이 아니라 제 안의 깊숙한 곳에 '왜, 어째서?'라고 물으면서 깊게 파고들어 갔습니다. 그렇게 함으로써 독자들과 연을 이어갈 수 있다는 것을 알게 되었습니다. 저에게 다시 선택의 기회와 도약할 용기를 전해준 운명에 감사할 따름입니다. 이렇게 해서 60살에 일단락을 짓고 난 후 새로운 인생이 시작되어 그럭저럭 순조롭게 성장해왔습니다.

100세 시대, 앞으로 20년만 있으면 어떻게든 결과가 나타나겠지요. 앞으로도 저는 성실하게 일과 제 생활에 몰두하며 즐겁게 살아가고, 그렇게 함으로써 자신을 사랑하고 아끼는 것을 잊지 않으려고 합니다.

'옛날 사람'이라니,
설마 내가?

그동안 저는 여러 사람을 만나 인터뷰할 기회가 있었습니다. 그중에는 편집자도 있고, 작가도 있었습니다. 저는 인터뷰를 하는 것도 좋아하지만 인터뷰에 응하는 것도 좋아합니다. 그 이유는 인터뷰를 진행하는 사람의 인품을 알게 되어 재미가 있기 때문입니다.

한번은 인터뷰가 거의 끝나갈 무렵 긴장이 풀렸는지 어느 여성 작가가 이렇게 말했습니다.

"옛날 사람은 그렇게 생각하는군요."

그 말에 저는 깜짝 놀랐습니다.

'응? 옛날 사람이라니 누구? 설마 나를 말하는 건가? 면전에 대고 옛날 사람이라고 말하는 것은 무슨 의미일까?'

저는 현대를 살아가면서 사회문제에 대한 비판이나 의견도 말하고 있고, 그 때문에 공부도 하고 있습니다. 특히 뉴스나 다큐멘터리 등에 항상 관심을 갖고 어떤 의견을 물어오면 그 자리에서 저 나름대로의 생각을 정리해 이야기를 하고 있습니다. 저는 결코 제가 옛날 사람이라고 생각하지 않습니다.

저는 일찍이 방송 일을 해왔기에 그 자리에서 판단하고 생각을 정리해서 그때그때 임기응변으로 대답하는 것에는 적응이 되어 있습니다. 원래부터 직감력이 나쁘지 않은 편이었는데 최근 들어 그 직감력이 더 발달한 것 같다고 저는 생각합니다.

늙음을 그 사람의 반응을 보고 판단하는 경우가 있습니다. 즉석에서 반응을 하는 것이 반드시 좋은 것은 아닙니다. 잘 음미하고 생각한 후에 대답하는 것이 중요할 때도 있습니다. 물론 제 경우 즉석에서 판단하기 힘들어지면 쇠약해졌다는 증거라고 볼 수 있을지도 모릅니다. 자기 스스로를 잘 관찰해보면 알 수 있습니다.

눈은 근시와 난시로, 먼 곳을 보기 위해서는 안경을 써야 하지만 가까운 곳을 볼 때에는 안경을 쓰지 않아도 책을 읽는 데 아무 불편이 없습니다. 텔레비전이나 라디오 소리도 잘 들리고, 청각에도 문제가 없습니다. 아무튼 저 스스로 늙었다고 생각할 만한 부분은 없고, 배려 없이 면전에서 '옛날 사람'이라고 말한 그 작가보다는 제가 머리 회전이 훨씬 빠르다고 확신합니다.

생년월일이
뭐 그리 중요하다고

우리는 생년월일에 의해 실제 나이가 정해집니다. 만 나이로는 그해 생일이 되어야 나이를 한 살 더 먹지만 일반적으로는 해가 바뀌면 나이를 한 살 더 먹는다고 합니다.

구청이나 은행 등에서 본인 확인을 할 때에는 반드시 이름과 생년월일을 물어봅니다. 출생신고서를 내면 그해, 그달, 그날이 생년월일이 되지만 예전에는 여러 가지 이유로 일부러 다른 날로 출생신고를 하는 경우도 있었습니다. 그러면 나중에 생년월일이 맞는지 아닌지 문제가 되기도 합니다. 그런데 나라에 따라 생년월일이나 나이를 중요하게 생각하지 않는 곳도 많습니다. 계절이 확실히 구분되지 않는 나라, 예를 들어 열대기후의 나라 같은 데서는 생년월일이 분명하지 않은 경우도 있습니다.

중근동의 여러 나라나 개발도상국 등 호적 제도가 확실하지 않은 곳에서는 주민등록증 같은 것에 생년월일을 임의로 기재하기도 합니다. 유목민족은 원래부터 달력을 가지고 있지 않으며, 몇 월 며칠인지 정확히 파악하지 않고 지내기 때문에 생일이나 기념일을 축하하는 관습이 없다고 합니다.

제가 이집트에서 반년 동안 생활하면서 만난 현지인 가운데에는 나이를 물어도 확실히 답하지 않는 사람이 많았습니다. 그것을 보고 영원한 시간 속에서 살아가는 듯한 느낌을 받았습니다. 시간을 항상 짧게 구분하며 살아가던 저는 부러움마저 느꼈습니다.

이집트에는 거대한 유적이 여러 개 있습니다. 피라미드같이 큰 것은 몇 달, 며칠에 걸쳐 완성할 수 있는 것이 아닙니다. 고대 이집트의 왕 파라오가 몇 대에 걸쳐 노력해 완성한 것입니다. 그러고 보면 단식월을 정할 때, 막판까지 모르다가 매일 밤 달의 참과 이지러짐을 바라보면서 '이날부터'라고 정하는 것도 그렇습니다.

달력이라고 하는 인공적인 것에 지배당하는 것보다 자연을 이용해 자연 속에서 나이를 마음에 새기는 식으로 여유롭게 생각해도 좋을 것입니다.

모임에 나오는 사람이
하나둘 줄고 있네

저는 60살에 화려한 이벤트를 한 이후 생일 축하 파티 같은 것은 일절 하지 않고 있습니다. 고희며 산수며 팔순이며, 60살 이후 나이를 먹지 않고 있으니까 축하를 할 일도 없는 것입니다. 그런데도 친구들이나 지인들이 전화를 하거나 꽃다발을 보내며 축하 인사를 건네옵니다. 나이 수대로 장미꽃을 보내는 지인도 있지만 분명 그 수는 나이를 세는 한 방법이므로 60송이 이상은 거절하고 있습니다. 그 지인은 의붓어머니가 여든 살이 되었을 때에는 80송이의 장미꽃을 보내드렸습니다.

매년 생일마다 빠짐없이 전화를 하거나 메일을 보내주는 사람들에게 고맙게 생각하기는 하지만 그때마다 잊고 있던 나이를 떠올리지 않을 수 없습니다. 생일을 가능한 아무렇지 않게 보내기 위해 저는 가족들과도 특별한 시간을 갖지 않습니다. 평소와 같이 그날을 보내는 편이 저는 더 좋습니다.

그러던 어느 날 그 흐름을 깨는 일이 벌어졌습니다. 당시 저는 나이도 같고 태어난 날짜도 비슷한 사람과 어느 모임에서 동석을 했습니다. 40년 이상 계속된 그 모임에는 저와 나이가 같은 남성이 두 명 있었습니다. 둘 다 직업은 일러스트레이터였습니다. 그날 이후 얼마 지나지 않아 갑자기 그중 한 분의 부고 소식을 들었습니다. 남들보다 갑절은 건강해 보였던 만큼 충격이 컸습니다. 그의 사무실에 방문해보니 바로 전까지도 일을 하고 있었던 것처럼 의자가 놓여 있었습니다.

그의 생일은 5월 30일, 제 생일은 5월 29일로 그와 저는 태어난 날이 하루밖에 차이 나지 않았습니다. 그 날짜 전후로 모임을 할 일이 있으면 모두가 저희 둘의 생일을 같이 축하해주었습니다. 그럴 때에는 심사가 꼬인 저도 왠지 기분이 좋았습니다.

재작년에는 우연히 5월 29일에 모이게 되었습니다. 그때 어느 한 분이 제 생일이라는 것을 알고 정원에 있는 꽃으로 작은 꽃다

발을 만들어주었고, 모두가 생일 축하 노래를 불러주었습니다. 그 모습을 보고 있자니 황홀한 기분이 들었습니다. 그 무엇보다 인상 깊은 선물이었습니다.

그 모임에서 최근 10년 사이에 세상을 떠나는 사람이 속출하고 있습니다. 병에 걸린 사람도 늘어 인원이 눈 깜짝할 사이에 줄어들고 말았습니다. 모임에 나오던 사람들이 하나둘 세상을 떠나는 것을 보면서 쓸쓸한 마음을 거둘 길이 없습니다.

4장

누가 뭐래도
나는 아직 청춘

당신의 청춘은 언제였습니까? 아니, 꼭 과거형은 아니겠지요?
지금이 청춘이라고 생각하는 사람은 행복할 것입니다.
저는 육체적으로는 몰라도 정신적으로는 20대, 30대 때보다
지금이 더 청춘에 가까운 느낌입니다.
왜냐하면 소위 말하는 청춘 시절에는 끝없는 고민과 출구 없는
우울감에 가로막혀 즐거운 시간을 보내지 못했기 때문입니다.

"청춘이란 두려움을 물리치는 용기,
안이함을 찾는 마음을 뿌리치는 모험심을 뜻한다.
때로는 스무 살 청년보다 예순 살 노인에게 청춘이 있다.
나이를 더해가는 것만으로 사람은 늙지 않는다.
이상을 잃어버릴 때 비로소 늙는다."
_사무엘 울만의 시 <청춘> 중에서

청춘은
마음먹기 나름이다

저는 평소에 제가 여든두 살이라는 것을 자각하지 못하고 있습니다. 분명 매년 생일도 돌아오고, 나이도 먹고 있기는 하지만 스스로 그런 것을 전혀 못 느끼고 있습니다. 생일 때마다 굉장히 경사스럽겠다는 말을 들을 것 같지만, 사실 마음먹기에 따라 언제든 경사스러울 수 있는 것입니다.

모든 일을 나쁜 쪽으로 생각하지 않고 좋게 좋게 생각하면 웬일인지 정말 좋은 일이 생깁니다. 반면 자꾸 나쁜 쪽으로만 생각하면 정말 안 좋은 방향으로 결과가 이어지게 됩니다. 생각을 지배하는 것은 결국 자기 자신이니까요.

내가 어떻게 생각하는지, 어떻게 판단하는지에 따라 상황이 좋아지기도 하고 나빠지기도 합니다. 그런 의미에서 보면 경사스럽다고 생각하는 쪽이 좋을 것입니다. 거기에는 그렇게 될 수밖에 없다고 체념하며 바라보는 마음도 포함되어 있습니다.

이제부터 실제 나이는 계속 오르기만 하겠지만, 제 안에는 주관적인 나이가 하나 더 있으니 상관없습니다. 스스로 그때그때 몇 살이라고 정하면 그것이 제 나이인 것입니다. 이것에는 누구도 불만을 갖지 않겠지요? 아무에게도 피해를 주지 않으니까요.

이상하게도 저는 이제껏 살면서 지금이 머리도, 신체도 가장 최고의 상태인 듯 느껴집니다. 판단력도, 결단력도 지금이 제일 낫다고 자신하고 있습니다. 집중력도 좋아서 누가 옆에 있어도 개의치 않고 원고를 쓸 수 있습니다.

사람의 말소리는 간혹 신경이 쓰이기도 하지만 음악 같은 것은 오히려 들리는 편이 좋습니다. 저는 대체로 일할 때 오페라를 시작으로 이런저런 클래식을 틀어놓고 있습니다. 아무 소리도 나지 않으면 오히려 무섭게 느껴져 마음이 안 놓입니다. 말의 의미는 모르는 편이 더 낫기 때문에 외국어로 부르는 오페라가 좋습니다. 지금도 원고를 쓰면서 이탈리아의 오페라 작곡가 치마로사의 〈비밀 결혼〉이라는 진귀한 오페라를 듣고 있습니다.

젊었을 때부터 주변을 별로 신경 쓰지 않아서 빠칭코의 시끄러운 소리가 들려도 원고를 쓸 수 있었습니다. 저는 손 글씨를 고집하고 있어서 펜과 연필, 종이와 머리만 있으면 어디에서든 글을 쓸 수가 있습니다.

저는 이제 더 이상 제 실제 나이를 여든두 살이라고 말하지 않으려고 합니다. 이는 호적상의 생일일 뿐 저 자신은 전혀 실감하지 못하고 있기 때문입니다.

누군가 제 실제 나이를 언급한다고 해도 귀찮게 하나하나 반론하지 않고 버드나무에 바람 불 듯 유연하게 받아넘기곤 합니다. 그리고 마음속으로 이렇게 중얼거립니다.

'그래요, 주위에서는 그렇게 말하지요. 하지만 제가 생각하는 제 나이는 60살이랍니다. 머리도, 신체도.'

이렇듯 자신의 마음가짐에 따라 얼마든지 젊어질 수 있는 것입니다.

"청춘이란 인생의 어느 기간을 가리키는 것이 아니라 마음가짐을 가리키는 것이다."

"사람은 신념과 함께 젊어지고, 의혹과 함께 늙어간다."

사무엘 울만의 이 시구를 한번 음미해보면 객관적인 나이에 얽매일 필요가 없다는 사실을 깨닫게 될 것입니다. 그러면 더 이상 "나잇값도 못하고", "나이에 안 맞게", "이미 늙어버렸으니까"와 같은 말은 하지 않게 될 것입니다.

계속 젊어 보이는 건
불가능하지

'청춘의 전성기'를 계속 누리려 무리할 필요는 없습니다. 마음의 소리에 따라 하고 싶은 것을 하고, 살고 싶은 대로 살고, 자기 자신을 소중히 하는 것이야말로 청춘입니다. 신념을 가지고 있는 사람은 언제나 젊고, 의혹을 가지기 시작하면 늙어간다고 하는 말이 딱 맞습니다.

당신의 청춘은 언제였습니까? 아니, 꼭 과거형은 아니겠지요? 지금이 청춘이라고 생각하는 사람은 행복할 것입니다.

저는 육체적으로는 몰라도 정신적으로는 20대나 30대 때보다 지금이 더 청춘에 가까운 느낌입니다. 왜냐하면 소위 말하는 청춘 시절에는 끝없는 고민과 출구 없는 우울감에 사로잡혀 즐거운 시간을 보내지 못했기 때문입니다. 언제나 갑옷 속에 진정한 나를 숨기는 것에 몹시 지쳐 있었습니다.

지금은 갑옷 안에 숨어 있던 나 자신을 속속들이 드러내는 것을 주저하지 않습니다. 이제 나 자신을 표현하는 것이 무척 즐겁습니다. 그날그날이 모두 청춘이라고 말할 수는 없겠지만 살아 있다는 것은 실감하고 있습니다. 이것에 저는 매우 감사하고 있습니다. 이는 길고 긴 터널을 헤쳐 나오기까지 매일 괴로움과 답답함 속에서 도망치지 않고 스스로 판단해 행동한 결과라고 생각합니다.

앞으로의 삶은 어떻게 될지 아직 잘 모르지만, 지금 살아가고 있는 이 시간을 있는 힘껏 즐기고 싶습니다. 싫은 것이 있어도 눈을 돌리거나 도망치지 않고 자신의 것으로 받아들이려고 합니다.

《젊은 베르테르의 슬픔》을 쓴 독일의 시인 요한 볼프강 폰 괴테의 대표작으로 《파우스트》가 있습니다. 제1부와 제2부로 나뉘어 있는데 잘 알려져 있는 것은 제1부로, 오페라로도 만들어졌습니다.

언제나 향상심을 잃지 않는 파우스트 박사, 연금술과 점성술도 갖고 있는 그의 영혼을 악의 길로 끌어들일지 말지를 두고 악마 메피스토펠레스는 신과 내기를 합니다. 계획에 성공한 메피스토펠레스는 사후 영혼의 복종을 조건으로 파우스트 박사에게 청춘을 되돌려주고, 인생의 모든 쾌락과 비애를 체험하도록 계약을 맺습니다.

청년의 모습으로 바뀐 파우스트 박사는 순수하고 맑은 소녀 그레이트 헨과 사랑에 빠지고 그녀의 몸에는 작은 생명이 자라게 됩니다. 파우스트는 둘의 밀회를 걱정해 자꾸 방해를 하는 그녀의 어머니를 독살하고, 그녀의 오빠도 결투 끝에 죽이고 맙니다. 그리고 마녀의 제야 발푸르기스의 밤에 참가했다가 돌아왔는데 그레이트 헨이 갓난아기를 죽인 죄로 체포당하고 그 후 처형을 당하게 됩니다.

악마에게 영혼을 판 파우스트 박사는 슬픔에 잠기지만 이미 때는 늦었습니다. 세속의 욕망에 물들어가는 그를 구원해준 것은 천국에 간 그레이트 헨의 기도였습니다.

이 이야기를 바탕으로 여러 작곡가가 오페라를 쓰고 있지만 그중 가장 유명한 것으로 샤를 구노가 작곡한 〈파우스트〉와 리하르트 바그너가 작곡한 〈파우스트 서곡〉이 있습니다. 저는 소녀 시절에 구노의 오페라 〈파우스트〉를 보고 감격했었지만 지금 와서 보면 그 작품은 젊음과 늙음을 주제로 한 장대한 이야기였다는 생각이 듭니다.

누구나 젊음을 원하는데, 젊음이라는 것은 과연 무엇일까요? 쾌락과 비애가 서로 얽힌 고민 그 자체 아닐까요?

젊음이란 돈으로 살 수 없는 것입니다. 악마에게 영혼을 판 대가를 지불해도 여전히 손에 넣을 수 없는 것이라면 내 안에서 그것을 찾는 수밖에 없겠지요.

파우스트 박사가 바란 것은 눈앞의 쾌락에 수놓인 젊음일 뿐이었습니다. 그것이 여러 비극을 낳고 많은 대가를 지불하게 되었던 것입니다. 결국 욕망은 채워지지 않고 맑은 영혼만이 파우스트 박사를 구해주었습니다.

그가 본 환영은 무엇이었던 걸까요? 그가 바란 것은 무엇이었던 걸까요? 외관상의 젊음이 아닌 내면의 젊음을 발견할 수 없었던 파우스트 박사의 이야기는 많은 것을 시사하고 있습니다.

제가 젊어질 수 있는 수단은 여러 광고에서 강조하는 미용 제품이나 건강 보조식품도 아니고, 성형은 더더욱 아닙니다. 저는 젊었을 때부터 파마를 한 적도 없고, 앞머리만 포인트를 주기 위해 염색을 하는 정도입니다. 멋을 내려고 노력하기는 하지만 깔끔하고 심플한 것이 좋습니다. 외관상의 젊음에 기대는 시기는 지났습니다.

앞으로는 내면을 갈고닦아 깊이 있게 사고하는 것이 어쩌면 젊어지는 비결일지도 모른다는 생각이 듭니다. 여러분도 부디 악마(메피스토펠레스)의 유혹에 넘어가 영혼을 파는 일이 없기를 바랍니다.

공상을 즐기는 나는
아직도 청춘

어쩔 수 없이 현재의 나이와 마주해야 할 때도 있습니다. '나는 더 이상 나이 들지 않는다', '나이는 나 스스로 결정하는 것이다'라는 말과 모순되는 것 같지만 현실이 그렇습니다. 현실의 객관적인 나이를 인정하면서 그것에 지지 않는 주관적인 나이를 가져야 하는 것입니다.

그전에는 9년에서 10년마다 찾아오던 인생의 전환기가 최근에는 주기가 짧아져 5년 혹은 3년마다 찾아오는 경우가 많아졌습니다. 아마도 앞으로 남아 있는 시간이 적어졌기 때문일 것입니다.

저는 5년에 한 번 제 주변을 살피고, 3년에 한 번 건강을 챙깁니다. 그렇다고는 해도 어딘가 문제가 있을 때에만 한정된 이야기입니다.

5년에 한 번 제 주변을 살피는 것은 어쩌면 '신변 정리'를 하는 것으로 받아들여질 수도 있습니다. 하지만 제 경우에는 무조건 버리지 않고 추억이 깃든 물건은 소중히 잘 정리해둡니다. 그 대신 불필요한 것은 일절 사지 않는 편이라서 버리기보다 무언가 다른 데 사용할 수 있지 않을까 고민해보는 것을 좋아합니다. 그러다 문득 생각지 못했던 방법이 떠오르면 그렇게 기분이 좋을 수가 없습니다.

우리 집안일을 도와주시는 분은 저보다 더 물건을 소중히 하는 성격이라서 쓸모없어진 작은 소품을 활용해 잘 안 입는 양복을 방 한쪽에 보기 좋게 걸어둔다거나 아르마니의 멋진 봉투를 이용해 액세서리 보관함을 만들거나 해서 감탄할 때가 많습니다. 그분과 제 남편은 성격이 비슷해서 봉투나 상자를 재활용할 방법에 대해 서로 즐겁게 이야기를 나누곤 합니다.

남편이 특히 좋아하는 것은 상자입니다. 깨끗한 상자를 잘 보관해두었다가 활용하기도 합니다. 또 제가 버리라고 말할까봐 어딘가에 숨겨두기도 합니다. 평범해 보이는 용기에 작은 꽃을 꽂아두는 것도 좋아해서 10센티미터가 안 되는 가로로 긴 유리그릇에 장미꽃 한 송이를 꽂아두기도 합니다. 한번은 새로운 그릇인가 하고 자세히 들여다보니 잉크병이었습니다. 남편은 만년필 애호가라서 몽블랑 잉크를 다 쓰고 나면 유리병을 깨끗이 씻어 꽃병 대신 작은 꽃을 꽂아 침대 옆 탁자에 장식해두거나 책장에 두거나 합니다.

물건이라는 것은 어떻게 사용해도 좋은 것입니다. 사용 목적이 끝난 물건을 재활용하는 것만큼 즐거운 일도 없습니다. 그 생각에 푹 빠져 있는 순간에는 아무리 오래 바라보고 있어도 싫증이 나지 않습니다.

저는 집 안 인테리어 구상을 하는 취미가 있는데 일이 바빠서 실행할 여유가 없다 보니 불만이 쌓이기도 합니다. 요즘 또 슬슬 그전 버릇이 나와서 침대에 길게 누워 이런저런 구상을 하고 있습니다.

이런 상상을 할 수 있다는 것은 마음의 여유가 조금 생겼다는 증거겠지요. 아마도 내년쯤에는 본격적으로 실행할 수 있지 않을까 싶습니다.

사실 실제로 이룬 후보다는 공상을 하는 순간이 더 즐거운 것 같습니다. 저 혼자 머릿속으로 이런저런 상상을 하는 시간이 최고로 좋습니다. 예산과 상관없이 현실로 이루기 전에 무책임하게 꿈꾸기를 즐기는 것을 보면 저는 아직 충분히 젊은 것 같습니다.

젊어 보이려 나이를 속이는
인간의 심리

 일본에는 '고등어를 세다'라는 표현이 있습니다. 나이를 속일 때 주로 사용하는 말입니다.

고등어는 상하기 쉬운 생선입니다. 그런 고등어를 대량으로 세지 않으면 안 될 때 중간중간 수를 건너뛰고 세거나 빠른 말로 얼버무린다고 하는 것이 그 어원입니다. 일부러 빨리 세면서 수량을 속여 이익을 탐한다는 데서 유래된 말입니다. 사람들은 대부분 어려 보이려 하기 때문에 나이를 고등어 세듯 한다고 말하기도 합니다.

간혹 연예인이나 다른 유명인들은 프로필을 실제와 다르게 표기해둘 때가 있습니다. 대개 실제 나이보다 어리게 쓰여 있는 경우가 많은 것 같습니다. 그러다 실제 나이가 나중에 밝혀지면 나이를 사칭했다고 비난을 받기도 합니다. 무엇이든 정확성을 추구하는 사람들은 실제 나이를 엄격하게 추궁하거나 심지어 인격을 부정하기도 합니다. 하지만 그런 것으로 남의 흠을 잡을 필요는 없다고 생각합니다. 저는 같은 세대의 사람에게 동세대라고 하는 친근감을 갖기는 하지만, 한두 살 정도 차이는 그렇게 신경 쓰지 않는 편입니다.

반대로 나이를 많게 말해버리는 경우도 있습니다.

젊은 시절, 혼자 포르투갈 여행을 갔을 당시 저녁 식사 자리에서 같은 테이블에 있던 미국 청년과 이야기를 나눴는데 그는 자신이 스물다섯 살이라고 말했습니다. 동양인은 좀 어려 보이기에 저는 고등어를 세듯 스물세 살이라고 말했습니다.

밤에 관광을 같이 다니게 된 그 청년과 버스에 올라 해변가에 있는 카지노에 갔습니다. 저는 프런트에 여권을 보여주고 서둘러 안으로 들어가려 했습니다. 그런데 그는 안에 들어갈 수 없다고 했습니다. 알고 보니 그는 열일곱 살이었습니다.

'뭐? 스물다섯 살이라고 말했는데!'

그는 아마도 저에게 맞춰 어른처럼 보이고 싶었던 것이겠지요.

일본에서는 나이를 웃음의 소재로 삼는 경우가 많습니다. 일상적인 대화에서도 실제 나이와 달리 "음, 전 아직 스무 살이니까요"라고 말하거나 '52'세를 '25세'로 바꿔 말하는 사람도 많습니다.

왜 그런지 실제보다 젊게 속이는 사람은 많은데 나이를 더 많게 말하는 사람은 거의 없습니다. 여자든 남자든, 한 살이라도 더 젊어 보이고 싶은 마음이 크기 때문인가 봅니다.

감성이 풍부한 사람은
늙지 않는 법

어느 날 키우치 미도리라는 여배우에게서《나도 그림을 그렸다!》라는 제목의 책을 선물 받았습니다. 그녀에 대해서는 그전부터 친구를 통해 이야기를 들어와서 원래 계속 알고 지낸 듯한 기분이 들었습니다. 그러다 그녀가 진행하던 라디오의 게스트로 출연하게 되면서 친해졌습니다.

처음 만났을 때 그녀는 로즈핑크의 긴 원피스를 입고 소녀처럼 순수함과 자유분방함을 겸비한 모습이었습니다. 그런 그녀가 책을 출간해 저에게 보내준 것이었습니다.

책 표지의 오른쪽 아래 귀퉁이에는 선으로 그린 작은 새 그림이 있었습니다. 그리고 '이것은 네 발의 새에서 시작되었다'라는 글이 쓰여 있었습니다.

무슨 말인가 싶어 책장을 한 장, 한 장 넘겨보는데 웃음이 멈추질 않았습니다.

2017년 1월 2일, 처음 그린 새 그림

"엄마, 새 그림 그려주세요."

딸아이의 이 말에 "좋아, 새 정도는 그릴 수 있지"라고 말하며 볼펜으로 쓱쓱 새를 처음 그렸습니다. 그런데 그 그림을 바라보던 딸아이가 이렇게 말하였습니다.

"엄마, 새는 다리가 두 개잖아요."

그 그림의 새 다리는 네 개였습니다. 그렇지요, 새의 다리는 두 개가 맞지요.

저는 친구의 권유로 새를 보러 가는 모임에도 여러 번 가보아서 들새의 모습이 눈에 익었었는데, 처음에 그 그림을 보고 이상하다는 생각이 전혀 안 들었습니다. 그 정도로 자연스럽게 그려져 있었던 것입니다. "반대편에 새 한 마리가 더 숨어 있는 것 아닌가요?"라는 반응도 있었다는데 저는 전혀 그렇게 생각하지 못했습니다.

그녀는 어떻게 그것을 못 보았는지 반성하며 그 후 매일 그림을 한 장씩 그렸다고 합니다. 저 역시 사물을 바라보는 저의 눈이 형편없음을 뼈저리게 느꼈습니다.

그녀는 매일 닥치는 대로 근처에 있는 안경이나 체온계, 고양이 등을 그렸고, 일 년이 지났을 무렵에는 실력이 굉장히 좋아졌습니다. 그동안의 과정이 그림과 짧은 글로 한 권의 책에 담겨 있었습니다. 첫인상대로 그녀는 '올곧고 순수한 마음을 가지고 있구나' 하는 생각에 기뻤습니다.

라디오에서의 만남도 정말 즐거웠습니다. 특히 나비의 우화(번데기가 날개 있는 성충이 되는 것)에 대해 말할 때 대화가 무르익었습니다. 어릴 적 저의 유일한 친구가 거미였다고 말하자 그녀도 자신의 경험을 들려주었습니다.

어린 시절, 그녀는 산초나무 잎에서 나비의 애벌레를 발견하고 잎사귀를 살며시 따서 투명한 플라스틱 통에 넣어놓고 길렀습니다. 그리고 그 안에서 애벌레는 무럭무럭 자라 번데기가 되었습니다.

그때부터 며칠간 보살피며 나비가 오늘 될까, 내일 될까 궁금해하며 밤을 새기도 했는데 무심결에 잠든 사이 번데기가 나비가 되어 상자를 빠져나와 방 모퉁이로 이동하고 있었다고 합니다. 처음에는 잘 날지 못했지만 계속 날갯짓을 하다 날 수 있게 된 것을 보고 창문을 열어주자 나비가 멋지게 날아올랐다고 합니다. 넋을 잃고 보다 보니 어느새 돌아와 그녀의 곁을 나풀나풀 날아다녔고, 손을 가끔씩 위로 올리고 있으면 거기에 훨훨 내려 앉았다고 합니다. 그녀에게 진짜 있었던 일입니다.

그때의 감동에 대해 이야기하는 동안 그녀의 눈에서는 반짝반짝 빛이 났습니다. 그런 그녀는 나이를 안 먹는 사람, 아니 나이가 없는 사람이라고 생각합니다. 아직도 어릴 적과 같은 감성으로 감동할 수 있다니, 멋진 일입니다.

그러한 감동을 계속 간직하고 있는 사람에게 나이 따위는 필요 없는 것입니다. 언제까지나 소년, 소녀로 살아갈 수 있는 사람이 저는 정말 좋습니다.

세상에서 통용되는 상식이나 스마트폰으로 접하는 지식만을 믿는 어른들은 아이가 가진 순수한 감성을 문제 삼아 부정하고 재미없는 상식을 강요합니다. 그때마다 나이를 먹어가는 것은 깨닫지 못합니다.

저에게 있어서의 수확은, 저처럼 나이를 잊고 사는 사람을 만난 것입니다. 그때 받은 책의 그림과 자연스러운 설명을 보고 마음껏 웃으며 저 역시 소녀로 돌아간 듯 행복한 시간을 보낼 수 있었습니다.

늙으나 젊으나
겉모습이 중요하다

한 20년 전쯤에 어느 광고 중에 "겉모습만 보고 선택하는 게 왜 나빠?"라는 문구가 있었습니다. 또 2007년에는 연출가 다케우치 이치로 씨의 《사람은 겉모습이 90%》라는 책이 밀리언셀러가 되기도 했습니다. 저도 '겉모습이 중요하다는 것'에 대찬성입니다.

겉모습은 바꿔 말하면 외관입니다. 나이가 들면 잘 안 꾸미게 되고, 외관에 신경 쓰지 않는 것이 당연하다는 듯 생각하는 사람이 있습니다. 하지만 이는 크게 착각하고 있는 것입니다.

내면만 갈고닦으면 외관은 어떻든 상관없다는 자세는 너무 태만한 것 아닐까요? 젊을 때에는 아무것도 안 해도 피부에서 광이 나고 젊음이라고 하는 무기가 있지만, 어느 정도 나이가 들면 내면에 있는 것을 바깥으로 표현하기 위해 노력하지 않으면 안 됩니다. 겉모습은 다른 말로 '표현력'이라고도 할 수 있는 것입니다.

그런데 왜 중년은 중년풍의 옷가게에서, 고령자는 고령자풍의 옷가게에서 모두가 비슷한 것을 사는 것일까요? 저는 오히려 젊은 사람들이 많이 가는 가게에서 가능한 심플한 옷을 골라 맵시 있게 입는 것을 더 즐기고 있습니다.

나이 든 사람은 무늬 있는 옷, 특히 꽃무늬 옷이 어울리지 않습니다. 아무리 생각해도 민무늬가 허전한 것 같다면 스카프를 하나 두르는 것도 좋습니다. 품위 있게 스트라이프나 체크, 혹은 아무 무늬 없는 옷을 입으면서 색에 신경을 쓰면 세련된 인상을 줄 수 있습니다. 무엇보다 깔끔한 인상을 주는 것이 제일 중요합니다.

멋을 내는 것은 최고의 자기표현입니다. 깨끗하고 깔끔한 인상을 주기 위해 언제까지나 노력하는 자세를 잃지 말아야 할 것입니다.

나이 먹을수록
질 좋은 것을 써라

저는 멋 내는 것을 좋아합니다. 외출을 앞두고서는 무엇을 입을지 꽤 오래 생각하는 편입니다. 그날의 기분, 일의 성격이나 만날 장소의 분위기에 맞춰 어떤 옷을 입으면 좋을지 고민하는 시간이 정말 즐겁습니다. 특히 오래된 브로치가 의외로 잘 어울릴 때의 기쁨은 무엇과도 견줄 수 없습니다.

'구두, 가방, 정장에 맞춰 무엇을 고를까…….'

이런 생각을 하는 순간에는 마치 소녀처럼 가슴이 두근거립니다.

저는 집에 있을 때에도 반드시 매일 다른 옷을 입습니다. 타성에 빠지지 않고, 기분 전환도 하기 위해서입니다. 집에서 식사를할 때에도 운동복 같은 것을 입지 않고 꼭 나름대로 갖춰 입고 남편과 둘이서 먹곤 합니다. 번거로워 보일 수도 있지만 습관이 되면 단정해져서 기분까지 좋아집니다.

정월에는 3일간 남편과 둘 다 기모노를 입고 있습니다. 명주같은 평상복이지만, 왠지 기모노를 입으면 확실히 신년이 된 기분이 들기 때문입니다.

속이 꽉 차 있으면 겉모습은 어떻든 상관없다는 사고방식에저는 찬성하지 않습니다. 저는 속을 겉으로 드러내 표현하는 것이 멋이고, 그 차림새에 따라 속도 풍부해진다고 생각합니다. 지금 제가 남몰래 생각하고 있는 것은, 소녀 시절 좋아하던 잡지에나왔던 화가 나카하라 준이치 씨의 옷을 맵시 있게 입는 것입니다. 때마침 나카하라 준이치 씨의 가게가 저희 집 근처로 이전을하기도 하였습니다.

나이가 들수록 질 좋은 것을 사는 데 돈을 써야 합니다. 젊을때에는 무엇을 입어도 어울리지만 나이가 들면 그러기 힘듭니다. 젊은 사람은 오히려 비싸지 않은 옷을 잘 찾아서 입는 편이 호감이 가고, 여봐란듯이 명품을 걸치고 있으면 반대로 반감을 삽니다. 제 생각에 명품같이 비싸고 좋은 것은 나이가 들지 않으면 안 어울리는 것 같습니다.

한편 겉모습이 젊은 사람은 마음가짐 역시 젊게 가져도 된 다고 생각합니다. 마음가짐이 밖으로 드러나는 것이니까 당 연한 이치라고 말할 수 있겠지요.

텔레비전에서 승려였던 세토우치 자쿠초 씨의 일상을 찍은 영 상을 본 적이 있습니다. 법의를 벗은 후에는 귀여운 줄무늬 바지 에 장미색 스웨터 등을 입는 모습을 보고 예쁜 색 옷이 잘 어울 린다는 생각이 들었습니다. 평소 장난기가 가득한 그는 목소리나 말하는 스타일 또한 귀여웠습니다.

프랑스의 라이프스타일 전문가 중에 프랑소와즈 모레샹이라 는 사람이 있습니다. 그녀가 NHK의 프랑스어 강좌에 출연할 당 시 저는 프랑스어 공부와 함께 멋 내는 방법에 대해서도 배울 수 있었습니다. 그녀가 언제부턴가 검정색, 흰색, 빨간색 옷만 입겠 다고 선언하였는데 그 세 가지 색을 여러 방식으로 변형해 입는 모습을 보고 저도 조금 따라 해본 적이 있습니다.

다른 사람의 옷 입는 방법을 참고해서 예전부터 갖고 있던 옷 을 변형해 입어보면 유행 지난 옷이 세련된 옷으로 재탄생합니 다. 체형이 거의 변하지 않아 대학 시절 입었던 옷까지 변형해 입을 수 있는 저에게는 매우 효율적인 방법입니다.

오우치 준코라는 패션 평론가가 있습니다. 대학 시절 모델로 활동하던 그녀는 후에 사고로 눈을 다쳐 언제나 선글라스를 끼고 다녔는데, 그런 모습에서도 정말 센스가 엿보였습니다. 그녀가 입는 옷 역시 안 꾸민 듯하면서도 멋이 있어 말끔한 옷맵시가 굉장히 잘 어울렸습니다.

제가 NHK에 다니던 시절부터 도움을 받았던 긴자의 한 옷가게에도 인간미 넘치는 모델들이 있었는데, 자기 방식대로 정장을 맵시 있게 입는 사람들과 이야기를 하다 보면 무언가 얻는 것이 많았습니다. 그중에는 차분하고 품위 있게 입는 중년 이상의 모델도 있었습니다.

무엇보다도 디자이너 모리 하나에 씨의 밤샘 직후 긴장한 얼굴이 아름다웠는데, 지금까지도 그녀의 인상은 변함이 없습니다. 모리 씨는 아흔세 살이지만 그녀의 품행과 말투는 여전히 아름답습니다. 그녀와의 식사 약속이 올해에는 꼭 실현되기를 바라고 있습니다.

젊은 사람들을 위한
방송뿐인 TV

텔레비전을 보면 이제 '노래하며 춤추는 사람'이 아니라 '춤추며 노래하는 사람'이 되지 않으면 안 되는 시대가 된 것 같습니다. 일본에서 매년 12월 31일에 방송되는 가요 프로그램 〈홍백가합전〉은 원래 노래 대항전의 의미가 강했는데, 시대가 달라지면서 더 이상 춤을 못 추는 사람은 출연하기가 힘들어졌습니다. 인터넷에서는 일반인조차 춤추는 영상을 올려 인기를 끌기도 합니다. 개나 고양이 등 동물 영상에서도 억지로 춤을 추는 것처럼 보이게 해서 인터넷에 올리곤 합니다.

시대는 점점 몸의 표현에 중점을 두는 양상으로 변하고 있습니다. 그러다 보면 노래에 소홀해지거나, 춤을 추지 못하는 사람은 무대에서 사라져버릴 수밖에 없습니다. 그리고 음악은 춤추기 위해 존재하게 되고, 템포가 빠른 곡이 늘어 언어의 가치가 점점 떨어질 수 있습니다.

요즘 노래에서는 가사가 줄어들고 있습니다. 문학적 향기가 나는 가사, 평범한 단어를 사용해 감정을 끌어올리는 가사도 눈에 띄지 않습니다. 작가이자 극작가인 이노우에 히사시 씨는 "어려운 것을 쉽게, 쉬운 것을 깊이 있게, 깊이 있는 것을 재미있게…"라는 명언을 남겼는데 이것을 실천하는 작사가는 이제 더이상 나타나지 않을지도 모릅니다. 이렇게 생각하면 조금 쓸쓸해집니다.

가창력이나 작사보다 춤추는 것이 중시된다는 것은 우리들의 표현 능력이 원시 상태로 돌아가고 있다는 뜻일지도 모릅니다. 아기가 처음에 기억하는 것은 움직임뿐, 소리 그 자체는 아닙니다. 의미 있는 말을 하는 것은 그 후입니다.

〈홍백가합전〉은 1951년 1월 3일 NHK 라디오에서 제1회가 방송되었습니다. 처음에는 홍백으로 나뉘어 여성과 남성이 경쟁하는 음악 프로그램으로 정월에 방송되었다가, 텔레비전 방송 시작과 동시에 한 해를 마무리하는 의미로 매해 마지막 날에 하는 방송으로 바뀌었습니다. 한 번도 중지되거나 연기된 적 없는 장수 프로그램이지만, 지금은 홍백으로 나누는 의미도 없이 완전히 젊은 사람들만을 위한 방송이 되었습니다.

시대의 흐름은 알고 있지만 거물급 가수가 줄어들면서 점점 친숙한 느낌이 떨어지는 것은 어쩔 수가 없습니다. 물론 젊은 사람들을 위한 노래나 춤도 역시 좋은 것은 좋습니다. 저 또한 요즘 노래는 가사를 중요하게 생각하지 않으니까 보지 않는다든가, 젊은 사람들을 위한 방송이니까 보지 않는다는 고집은 부리고 싶지 않습니다. 다만 너무 춤만 추지 말고 조금은 가사의 의미를 중요시하는 가수도 나와줬으면 하는 바람입니다.

나이가 들어도
목소리는 변하지 않는다

"혹시 시모주 씨 아닙니까? 목소리를 들으니 알겠네요."

저는 택시에 탈 때마다 이런 말을 듣곤 합니다. 밤이라 어두워서 분명 얼굴은 잘 안 보였을 텐데 얼굴이나 모습보다도 목소리의 인상이라는 것이 더 강한 듯합니다. 제가 방송 일을 전문으로 했던 것은 아주 오래전이어서 제 목소리 따위는 잊었을 거라고 생각했는데 아마 그때의 인상이 어지간히 강했나봅니다.

요전에 NHK의 입사 4년 후배와 만날 기회가 있었는데 그녀 역시 아직도 사람들이 목소리를 듣고 알아본다고 하였습니다. 그녀의 목소리나 말투가 부드럽고 독특해서 기억하기 쉬웠을 거라는 생각은 듭니다.

나이가 들어도 목소리는 별로 변하지 않는다는 것이 조금은 염려스럽기도 합니다.

'용모와 자태는 변해도 목소리는 변하지 않는다?'

방송 일을 떠나 지금은 글 쓰는 일을 주로 하고 있는데도 사람들이 제 목소리를 잊지 않고 있다니, 저는 어디 가서 나쁜 짓도 할 수 없습니다. 바로 들킬 수밖에 없을 테니까요.

나이가 들어도 목소리는 그다지 쇠해지지 않습니다. 특별한 일 없이 건강이 유지되는 한 목소리를 들으면 누구인지 분명히 알 수 있습니다.

저는 전화 통화를 할 때 목소리만 들어도 상대가 누구인지 바로 알아차리곤 합니다. 만약 제가 곧바로 알지 못한다면 무언가 이변이 있는 것입니다. "무슨 일 있어?"라고 물어보면 감기가 걸렸다거나 몸 상태가 좋지 않다고 할 만큼 목소리로 다른 사람의 심신 상태를 알아차릴 수 있습니다. 물론 저는 아나운서를 오래 한 경험 덕분에 티를 내지 않는 데 익숙해 언제나 똑같이 들리도록 위장할 수 있기는 합니다.

풀이 죽어 있거나 기분 안 좋은 일이 있을 때에도 목소리에 다

티가 납니다. 그러니까 '오레오레 사기(자녀나 손자 등을 사칭하는 전화 금융 사기)'가 이상한 것입니다. 어떻게 자녀나 손자의 목소리를 모를 수가 있나요? 무언가 이상한 낌새가 느껴질 때 "목소리가 좀 다르게 들리는데 무슨 일 있어?"라고 물으면 상대는 점점 속이기 어렵다고 느끼게 될 것이 분명합니다.

평상시부터 잘 듣기 위한 훈련을 해서 귀의 감각을 좋게 해두는 것도 중요합니다. 제 경우 눈은 나쁘지만 귀는 좋아서 작은 소리도 놓치지 않고 듣곤 합니다. 건강검진 때 "그러면 너무 피곤하지 않나요?"라는 말을 들은 적도 있을 정도입니다.

나이가 들면 목소리는 변하지 않아도 톤은 좀 낮아져 음역대가 좁아집니다. 시간이 갈수록 조금씩 낮아지며 젊었을 때 나왔던 높은 소리가 안 나오게 됩니다. 제 목소리 톤은 원래도 좀 낮은 편이었지만 나이를 먹으면서 더 낮아진 것 같습니다.

어쨌든 목소리가 건강하다는 것은 튼튼하다는 증거. 노래하거나 말하거나, 목소리를 내는 것은 젊음과 관계가 있습니다.

저는 글을 쓰다 보면 목소리를 낼 일이 별로 없기 때문에 의식적으로 젊은 편집자와 노래방에 가거나 마음 맞는 사람과 전화로 이야기를 하려고 노력하고 있습니다. 소위 말하는 잡담은 잘 못하지만 제가 잘 아는 주제라면 누구와도 이야기할 수 있습니다. 이를 위해 화젯거리를 평소부터 찾아두고, 두리번두리번 주변을 멀리 바라보며 관찰하는 것도 중요합니다. 저는 강연회 등에서 메모를 보지 않고 한 시간 가까이 계속 이야기하면서도 태연할 수 있도록 평상시부터 훈련을 하고 있습니다.

노인복지시설에
자유 따윈 없다

얼마 전 노인복지시설을 알선해주는 어느 민간시설에 다녀왔습니다. 건물의 한 층 전체에 책상이 빽빽하게 늘어서 있고, 직원이나 자원봉사자 등 젊은 사람들이 컴퓨터 앞에 앉아 일을 하고 있었습니다. 서쪽에 난 창문으로는 누런색 하늘에 먹그림 같은 후지산이 모습을 드러내고 있었습니다.

"여러분은 어떤 일을 하나요?"라고 묻자 여성 관계자 말이, 노인복지시설의 안내와 소개를 바라는 분들의 전화에 응대하는 일을 한다는 것이었습니다. 그 공간에만 100명 이상의 사람이 있었습니다. 끊임없이 걸려오는 전화에 응대하는 모습을 보고 있자니, 노인복지시설을 찾는 사람이 얼마나 많은지 알 수 있었습니다.

병이 심각하지 않다면 자택에서 간호를 받을 수도 있겠지만, 실제로는 간호하는 쪽과 간호받는 쪽 둘 다 고생만 하게 되어서 역시 노인복지시설에 의뢰를 하지 않을 수 없는 것이 현실입니다. 그렇다 하더라도 즐겁고 자유로워야 할 노후에 너무 구속받는 것 같아 안타깝습니다.

노인복지시설은 누군가에게 관리를 받는 장소입니다. 돈이나 직원 수를 얼마나 효율성 있게 운영할지를 생각하면 고령자 한 사람, 한 사람에게 일일이 대응할 여유 따위는 없습니다. 따라서 모두 한데 묶어 관리할 수밖에 없습니다.

노인복지시설에서는 일제히 동요 같은 것을 부르게 하고, 체조를 시키고, 색칠공부나 글씨 쓰기 연습을 하게 하는 풍경을 자주 볼 수 있습니다. 모두가 똑같은 것을 하기 좋아한다면 상관없겠지만 단체생활에 전혀 익숙하지 않은 사람도 분명 있을 것입니다.

남편의 어머니는 100세까지 사셨는데, 식사 시간 이외에는 노인복지시설의 방 안에 틀어박혀 나오지 않으셨습니다. 때때로 문

안 인사를 드리러 가면 마치 어부바 귀신이 있는 것처럼 등에 무언가가 압력을 불어넣는 것이 느껴져 이상하게 피곤하였습니다. 압력을 불어넣는 것, 그것은 관리당하고 있는 노인들의 '자유롭지 못한 현실'입니다.

고령자 한 사람, 한 사람에게는 각자의 역사가 있습니다. 이제껏 쌓아올린 것을 소중히 지켜나가면 좋을 텐데 실제로는 시설의 상황에 따라 관리를 당하게 됩니다. 그리고 20대나 30대 직원들이 마치 어린아이를 대하듯이 정중하게 말을 걸어옵니다. 왜 평소처럼 이야기하지 않는 걸까요? 그들은 마음을 더 쓰는 것일지도 모르지만 당사자 입장에서는 모욕을 당하는 기분만 들 뿐입니다.

최소한의 케어만 해주고 개개인의 독립을 존중해주는 시설, 자립성을 지켜주며 필요 이상으로 도와주지 않고 한 사람, 한 사람의 다른 인격을 존중해주는 노인복지시설이 있다면 많은 노인들이 마음속의 청춘을 잃지 않고 자유롭게 지낼 수 있을 거라는 생각이 듭니다.

5장

나이 따위,
잊고 살면 그만

자신의 나이는 스스로 정하도록 합시다.

만약 올해 서른 살이 되었다고 가정하고 생각해보면 할 수 있는

일들이 더 많이 떠오릅니다. 이런 식으로 자신의 삶의 방식에 맞춰

나이를 마음대로 선택하면 되는 것입니다.

나이에 맞춰 삶의 방식을 선택하는 것은 분명 순서가 뒤바뀐 것입니다.

"나이를 먹을수록 세상을 바라보는 분별력과
삶에 대한 애착이 깊어진다."
_발타자르 그라시안

내 삶도, 나이도
내가 결정한다

세상에는 실로 다양한 형태의 노인복지시설이 있습니다. 이탈리아의 작곡가 베르디가 음악가들을 위해 지은 집을 주제로 한 영화가 있는데, 그 영화에는 오래전 스타들이 다시 모여 음악회를 여는 등 굉장히 즐겁게 살아가는 모습이 담겨 있습니다. 노후에 그런 삶을 산다면 얼마나 보람될까요?

미의 도시라 할 수 있는 프랑스에는 미용 관계자들이 들어갈 수 있는 시설이 있습니다. 그곳에서는 왕년의 레전드들이 지금도 실력을 겨루며 미용계의 심사위원으로 활동하거나 함께 모여 이야기를 나누며 생활하고 있습니다. 그렇게 직업이나 능력별로 사회와 이어진 시설이 보편화된다면 얼마나 좋을까요?

인간에게 있어서 가장 중요한 것은 자기표현입니다. 자기표현의 수단을 갖고 있기에 비로소 나답게 살아갈 수 있는 것입니다.

자신의 나이를 스스로 결정하기 위해서는 자기 관리가 필요합니다. 다른 사람이 관리하도록 내버려두지 말고 자신의 일은 자기 스스로 결정해야 합니다.

저는 다른 사람이 저를 관리하려 드는 것이 제일 싫습니다. 누군가 명령을 하거나 단체로 똑같은 것을 강요하면 어디론가 도망을 치고 싶어집니다.

'결정은 반드시 나 스스로 한다. 그에 관한 책임은 모두 나에게 있다.'

언제 어디서든 자신의 삶을 스스로 관리해나가야 합니다. 그러면 신기하게도 모든 일들이 잘 풀려나갈 것입니다.

자기 관리를 잘하면
인생이 더 재미있다

저는 스스로 결정한 것은 충실히 지키려고 합니다. 예를 들어 이 책을 1월 말까지 다 쓰기 위해 12월 후반부터 1월 말까지 매일 써야 할 분량을 정해두었습니다. 무리하지 않는 범위 내에서, 결코 몸에 부담을 주지 않도록 말이지요. 그렇게 생각하면 400자 원고지로 10장이 하루 한도입니다.

저는 밤늦게 자기 때문에 아침 10시 이후에나 일어나 그때부터 오늘 해야 할 일을 생각합니다. 잠자리에서 약 한 시간은 그대로 누워 하루를 계획합니다. 그리고 일어나기 전에 누운 채로 할 수 있는 체조를 5분 정도 하고, 손발도 움직입니다. 그런 후 세수를 하고 나서 주스와 과일, 샐러드 등을 가볍게 먹고 기분에 따라 커피나 홍차를 마시면서 신문 두 부를 공들여 읽고 그날의 스케줄을 체크합니다.

오후 2시쯤에는 가볍게 점심 식사를 하고 난 다음 책상 앞에 앉아 글을 쓰기 시작합니다. 도중에 반드시 간식을 먹고서 아파트 단지 내를 15분 정도 산책하면서 꽃들이 얼마나 폈는지 체크하곤 합니다. 길고양이들에게도 인사를 하고 돌아와 다시 원고를 쓰는 일에 신경을 쓰는데, 그때부터 저녁 7시까지 쉬지 않고 집중을 하는 편입니다. 그렇게 예정대로 하루에 계획한 분량을 다 쓰고 나면 기분이 아주 좋아집니다.

밤은 저 자신을 위한 놀이 시간. 저녁은 요리가 취미인 남편이 만들거나 밖으로 먹으러 나가곤 합니다. 또 종종 연극을 보러 가거나 친구와 만나기도 하는 등 저에게는 아주 소중한 시간입니다. 밤에 놀기 위해 일을 하는 건지, 일을 위해 노는 건지 모를 정도입니다. 아무래도 놀이라고 하는 당근을 손에 쥐고 일을 하고 있는 기분이 듭니다.

일이 잘 안 풀릴 때에는 개인적인 놀이 시간에 도망쳐 들어가고, 개인적으로 싫은 것이나 괴로운 것이 있으면 필사적으로 일에 매달리곤 합니다. 이 두 개의 바퀴가 잘 돌아가는 한 저는 건강할 것입니다. 저는 오랜 시간에 걸쳐 자신을 조종하는 방법, 다시 말해 자기 관리가 능숙해졌습니다.

일부러 그날그날 다르게 변화를 주기도 합니다. 3일 이상 글을 쓰는 일이 계속되면 중간에 취재나 인터뷰, 강연 등 밖에 나가는 일을 끼워 넣어 기분 전환을 하기도 합니다. 그렇게 하지 않으면 숨이 막혀 스트레스가 쌓이기 때문입니다. 그렇게 기분 전환을 하는 방식이 능숙해서 지금까지도 그럭저럭 잘 견뎌내고 있는 것이겠지요.

한 가지 더, 어차피 하는 거 재미있게 하자며 어떤 일도 즐기려고 하기 때문에 저는 쉽게 지치지 않습니다. 낮에는 가능한 지하철을 타고 이동하는데, 사람들을 관찰하느라 바빠 그 시간이 지루할 틈이 없습니다. 도쿄는 인명 사고로 지하철이 멈출 때가 종종 있는데 안내 방송을 듣다 보면 잠시 그 상황을 상상해보게 됩니다. 혹은 책을 열중해서 읽기도 합니다. 그러면 조바심이 나지 않습니다.

신칸센 등으로 먼 곳에 갈 때에는 멍하니 흘러가는 경치를 바라보거나 도착지까지 책을 어느 정도 읽을 수 있을지 시험해보곤 합니다. 열차 안에서의 시간은 나를 위한 나만의 시간, 그날그

날 연출을 바꾸어봅니다.

밤에 집으로 돌아갈 때에는 꼭 택시를 탑니다. 한때 3년 연속해서 골절이 된 이후 어둑어둑해지면 다소 지출이 생겨도 꼭 택시를 타게 되었습니다. 러시아워가 아니라도 밤에 타는 지하철은 부상의 원인이 되므로 최대한 피하는 것이 좋습니다.

자기 관리가 두루두루 잘되면 스트레스가 쌓일 리 없습니다. 사실 스스로 자신의 모든 일을 관리하려면 골치가 아프지만 그것이 가능해졌을 때의 쾌감은 무엇과도 바꿀 수가 없습니다.

내시경은 죽을 때까지
안 할 테다

저는 일 년에 한 번씩 병원에 가서 건강검진을 받고 있습니다. 혈액 검사와 대장암 검진, 소변 검사, 엑스레이, 심장 체크 등 최소한의 검사를 제 생일이 있는 5월 말에 하고 있습니다.

3년 정도 전에 갑자기 종양 표지자의 수치가 올라갔었지만 서서히 정상으로 돌아왔습니다. 담배도 안 피우는데 아무래도 일할 때 연기가 자욱한 곳에 두세 시간씩 갇혀 있었던 것이 원인이었던 것 같기도 합니다. 그리고 예전에 왜 그런지 대장암 검사에서 잠혈 반응이 있었습니다. 만약을 위해 한 번 더 검사를 해보았지만 역시 결과는 같았습니다. 그때 잠시 우울하기도 하였습니다. 때때로 방광염에 걸리는 것하고, 가끔씩 위장 상태가 좋지 않은 것을 제외하고는 몸에 이상이 없었기 때문입니다.

주치의는 대장 내시경 검사를 하자고 하였지만 저는 하고 싶지 않았습니다. 왜냐하면 20년 전쯤에 내시경 검사를 받았을 당시 너무 아팠던 기억이 있었기 때문입니다. 그때는 검사 방법도 발달하지 않아 만약을 위해 고통을 느끼도록 마취도 하지 않았습니다.

장은 아시다시피 꼬불꼬불 구부려져 있습니다. 구부러진 각도에 내시경이 닿았을 때의 고통은 말로 표현하기 힘든 정도였습니다. 그때 결국 소리를 질러 중간에 검사를 그만두게 되었습니다. 화면에서 핑크색으로 빛나는 저의 장을 보고 실로 아름답다며 감동하기도 하였으나 그 후로 다시는 내시경을 하지 않겠다고 결심을 하였습니다.

지금의 주치의는 과거에 비해 훨씬 다정한 분입니다. 그런 분이 지금은 기술도 발달했고 진통제도 있으니 검사를 제일 잘하는 분에게 한번 받아보라고 말해 하는 수 없이 내시경을 받아보았습니다.

전날 밤부터 금식을 하고, 당일 대장을 깨끗하게 비우기 위해 엄청난 양의 설사약도 먹었습니다. 다행히 병원이 집에서 가까워서 오후 4시경 마감 시간 전에 저는 도마 위의 생선 신세가 되었습니다. 그전처럼 핑크색의 장에 감동할 정도는 아니었지만, 확실히 주치의의 말대로 아프지도 않고 검사도 금방 끝났습니다.

다음 날 검사 결과를 듣기 위해 병원에 갔는데, 점막이나 게실(대장의 벽에 생기는 빈 공간)은 있지만 걱정하지 않아도 된다고 해서 안심이 되었습니다. 주치의는 말하였습니다.

"장을 대청소했다고 생각해주세요. 가끔씩 하는 것도 좋습니다."

그렇다면 그 잠혈은 무엇인지 물어보니, 치질 증상이 아주 조금 있다고 하였습니다. 그것도 치료할 정도는 아니라고 하여 다음 날 바로 비프스테이크를 먹었습니다.

그 후 조금만 신경을 쓰면 이전보다 장의 상태가 좋아졌습니다. 역시 주치의의 말대로 대청소를 해서 장이 깨끗해진 느낌이었습니다. 하지만 마지막에 주치의에게 분명히 말해두었습니다.

"앞으로 다시는 내시경 검사 안 받을 겁니다."

나이에 집착할
필요 없잖아

       예전에 일본 드라마 〈우리들의 시대〉에 이런 대화 장면이 나왔습니다.

A: B씨, 지금 몇 살인가요?

B: 올해로 쉰여덟입니다.

C: 네? 쉰여덟이요?

B: 올해로요! (조금 초조한 듯) 만으론 쉰일곱이에요, 아직. C씨는요?

C: 저는 아직 쉰다섯이지요. 곧 쉰여섯이 되네요.

B: 아니, 이 사람 빠른 년생이잖아. 겉모습은 이미…….

A: 아하하(폭소), 빠른 년생! 주거니 받거니 하는군요.

C: A씨는 몇 살인가요?

A: (조금 잘난 체하듯) 올해 마흔아홉입니다.

C: 49, 50.

A: 아니, 아니. 올해 마흔아홉입니다. 쉰이 아니라고요!

C: 한 살에 집착하는 것 같네요! 별 차이 없는데!

A: 아니, 완전 다르다고요!

이처럼 40~50대 남성들조차 한 살, 한 살에 집착을 합니다. 남들에게는 별 차이 없어 보이는데 강하게 우겨댑니다. 이 세 사람이 주거니 받거니 하는 모습은 아무튼 귀엽긴 합니다.

나이는 좋든 싫든 시간이 흐르면 누구나 드는 것으로, 거기서 도망치기란 불가능합니다. 그러니까 더욱더 각오를 다지고, 여러 차례 말했듯이 자신의 나이는 스스로 정하도록 합시다. 적어도 저는 그렇게 하고 있으니 누군가 나이를 묻는다고 해도 초조해하거나 동요하지 않고, 순간적으로 화가 나는 것을 참을 필요도 없습니다.

만약 올해 서른 살이 되었다고 가정하고 생각해보면 할 수 있는 일들이 더 많이 떠오릅니다. **이런 식으로 자신의 삶의 방식에 맞춰 자신의 나이를 마음대로 선택하면 되는 것입니다.** 나이에 맞춰 삶의 방식을 선택하는 것은 분명 순서가 뒤바뀐 것입니다.

나이 많다고
무시하지 마

나이 따위에 의해 우리의 인생이 결정되어서야 되겠습니까? 나이는 나의 것이니까 내 마음대로 하는 것이 당연하지요. 몇 살에는 꼭 이렇게 하지 않으면 안 된다는 식으로 정해진 것은 없습니다.

어릴 때에는 공식적으로 초등학교, 중학교 등이 정해져 있을지도 모릅니다. 하지만 그것 역시 자유입니다. 자신에게 맞는 학교나 학년을 선택해도 좋고, 유럽과 미국에서는 공부를 제법 잘하면 월반을 하기도 합니다.

어릴 때 사정이 있어서 학교에 다니지 못했다면 어른이 된 후에 가도 되고, 실제로 그러한 예도 얼마든지 있습니다. 최근에는 중학생인 후지이 소타가 장기 프로 기사가 됐다거나, 바둑에서 나카무라 스미레가 아홉 살의 나이에도 불구하고 최연소 프로가 되기도 했습니다.

나이를 먹었다고 해서 특별한 취급을 받을 필요도 없습니다. 혼자 할 수 있는 것은 스스로 하고, 필요 이상으로 호의를 바라거나 응석을 부리지 않고 태연하게 사는 것이 저의 삶의 방식입니다. 그런데 태연하게 살아가기 위해서는 완고함도 필요합니다. 태연하게 살아가는 방식을 지키기 위한 완고함입니다. 그러기 위해 맞서 싸우지 않으면 안 되는 것도 있습니다.

이 세상은 좀처럼 내가 나답게 살아가도록 내버려두지를 않습니다. 누군가를 향해 '아, 남들하고 많이 다르구나', '아, 협동심이 없네'라고 생각하는 것은 쓸데없는 참견입니다. 다른 사람에게 피해만 주지 않는다면 자신의 삶의 방식을 고집해도 상관없는 것입니다.

나이가 들면서 정신이 또렷해지는 사람이 있는가 하면, 겨우 자아실현을 이루는 사람도 있습니다. 나이가 많이 들어서 이제 할 수 없다고, 늙어서 무리라고 그만둘 필요는 없습니다. 그런데 주변에서는 자꾸 강요하는 분위기입니다.

저는 NHK 문화센터에서 약 25년간 에세이 교실을 열고 있습니다. 그 시간에는 다양한 나이나 성별, 직업 등 가지각색의 개성 있는 사람들이 많이 모입니다. 고령이라도 기억력이나 습득력이 좋은 사람이 있는가 하면, 젊은 나이에 건망증이 심한 사람도 있는 등 나이에 따라 그 사람을 판가름할 수는 없습니다. 그들은 교실 밖에서도 따로 만나 실로 즐거운 시간을 보내곤 합니다.

여든다섯 살의 K씨는 '갓마더'라고 불리며 모두에게 상담을 해주는데, 그분의 재미있고 다채로운 이야기는 젊은 사람들과 견줄 바가 못 됩니다. 그녀는 호기심도 왕성하고, 새로운 것도 계속 받아들이며, 여행을 가는 것에도 적극적입니다. 그런 그녀가 한숨을 내쉬며 속삭였습니다.

"얼마 전 휴대전화를 스마트폰으로 바꾸려고 대리점에 갔더니 젊은 남자 직원이 나이를 묻더라고요. 근데 제가 여든다섯 살이라고 하니까 그럼 사용법을 익히는 데 3개월은 걸리겠다고 말하지 뭡니까."

그녀는 깜짝 놀란 모양이었습니다. 모두가 사용하고 있는 것을 자신만 사용 못 할 리 없다고 자각하고 있고, 실제로 그녀의 기억력은 누구나 혀를 내두를 정도입니다. 그런데 여든다섯 살이라는 나이만 보고 스마트폰을 사용하기에는 무리라는 듯한 그 어투는 실례되기 짝이 없었습니다. 그 말을 듣고 저는 정말 화가 났습니다. 저는 그녀에 비하면 건망증도 심하고 요령도 없지만 그래도 휴대전화를 스마트폰으로 바꾸고 나서 아무 고생도 하지 않았고, 오히려 스마트폰 사용법이 간단하다고 느꼈습니다. 지금도 최소한의 기능은 잘 다루고 있습니다.

저 역시 스마트폰으로 바꾸려고 할 때 젊은 사람들이 무리라는 반응을 보이기도 하였습니다. 그런 모습을 보니 오기가 생겨 더 사용하고 싶은 마음이 들었는데 의외로 쉽게 익혔습니다.

일일이 스마트폰에 의지할 필요도 없습니다. 지금까지의 지혜와 경험을 살려 자신에게 필요한 기능만 사용하면 되는 것입니다. 아마도 K씨는 스마트폰을 손에 넣으면 눈 깜짝할 사이에 능숙하게 다루게 될 것입니다.

제발 나이로 그 사람의 모든 것을 판가름하지 않았으면 합니다. 사람들은 저마다 가지각색이게 마련입니다. 가능한지, 불가능한지는 나이의 문제가 아니라 그 사람의 능력에 따라 달라지는 것입니다.

자신의 능력을 죽을 때까지 키워야 합니다. 몇 살이 되었든 도전하는 자세를 잃지 않고, 위험을 감지하면 철퇴하기도 하는 지혜가 필요합니다.

　여든여섯 살의 나이에 남미대륙 최고봉 아콩카과 등반에 도전한 산악인 미우라 유이치로 씨가 있습니다. 눈앞에서 정상을 목격한 그는 아쉽게도 몸의 소리를 듣고 포기하였습니다. 하지만 그것이야말로 지혜와 경험이 살아 있는 결정이었다고 생각합니다. 그가 아흔 살에는 에베레스트에 도전을 할지 기대가 됩니다.

나만의 즐거움을 찾는 것이
건강의 비결

"목숨이라고 하는 것은 인간이 가지고 있는 시간의 것이다."

인간이 가지고 있는 시간은 곧 나이를 말하는 것이겠지요. 나이는 바로 목숨이라고 할 수 있는 것입니다. 이 말은 105살에 돌아가신 히노하라 시게아키 선생님이 《10세의 너에게, 95세의 나로부터》라는 제목으로 의사로서 어린아이들에게 목숨에 대해 가르쳐온 내용을 담은 책에서 하신 말씀입니다. 히노하라 선생님은 집단 괴롭힘이나 자살, 어린아이들의 목숨을 지키기 위해 무엇을 해야 할지를 이 책에서 이해하기 쉽게 설명해주셨습니다.

인간에게 주어진 시간은 한 사람, 한 사람 다 다릅니다. 그 시간의 존엄함은 말할 것도 없습니다. 그것을 있는 힘껏 다 써버리는 것, 히노하라 선생님은 그것을 실천하셨습니다.

제가 NHK 아나운서로 일할 때 히노하라 선생님을 뵐 기회가 있었습니다. 어느 날 강연에 함께 참석하기 위해 하네다부터 고마쓰 공항까지 비행기로, 그 후 자동차로 후쿠이라는 곳을 향해 갔습니다. 그 사이사이 선생님은 병원에 전화를 걸거나 메모를 해가며 간호사에게 환자의 상태를 묻고 그 병세에 맞는 처방을 구두로 전하시곤 하였습니다.

그 당시에는 아마 화가 오구라 유키 씨가 입원해 있었던 것 같습니다. 세세하게 하나하나 지시를 하셔서 옆에 앉아 있는 저에게도 그 내용이 잘 들렸습니다. 그런 후 병원에 있는 비서와 스케줄을 상의하셨습니다. 그 때문에 저는 말을 걸 틈이 없었습니다. 그러다 겨우 한숨 돌리시는 순간을 포착해 여쭤보았습니다.

"지금까지도 선생님이 모두 지시를 하고 계신가보네요?"

"물론입니다. 제 환자에 대한 책임감이 있으니까요."

그때까지도 현역에 계시다는 것에 일단 놀랐습니다. 선생님은 또 이렇게 말씀하셨습니다.

"저는 검사를 별로 하지 않습니다. 기계가 정밀해질수록 증상이 잘 발견되니까요."

'인간독(단기 종합정밀 건강진단)'이라고 하는 말은 확실히 히노하라 선생님이 처음 사용하셨다고 생각하지만, 선생님 같은 분이 기계에 의지한다는 것에 의문이 든다고 말씀드렸습니다. 그러자 선생님은 대형병원 의사보다 개인병원의 주치의가 낫다고 하셨습니다. 왜냐하면 기계에만 의존하지 않고 환자의 일상생활을 잘 알고 진단을 내려주기 때문이라는 것이었습니다.

그날도 히노하라 선생님은 멋진 재킷에 넥타이, 그리고 행거치프가 잘 어울렸습니다. 히노하라 선생님은 '사람들 앞에 서기 위해 멋을 낸다'고 말씀하셨습니다.

강연회에서는 제가 잠깐 이야기를 하고, 그 뒤 히노하라 선생님이 본격적으로 말씀을 하셨습니다. 물론 강연 내내 선 채로 말씀하셨습니다.

강연이 끝난 후에는 합창과 오케스트라의 연주가 있었습니다. 지휘는 히노하라 선생님이 직접 하셨습니다. 합창단 속에 들어가 노래를 하시거나 지휘를 하시는 모습을 보며 좀처럼 지치지 않는 모습에 감탄하였습니다.

클래식은 히노하라 선생님에게 있어 최고의 취미였습니다.

일을 끝낸 후에는 취미를 즐기는 것을 잊지 않으시는 것이었습니다.

히노하라 선생님의 건강 비결은 수면, 식사, 운동 등 지극히 당연한 것을 지키는 것이었습니다. 또 독특하게 엎드려 자며 깊고 짧게 수면을 취하는 것도 실천하고 계셨습니다.

식사의 경우 아침에는 바나나 하나와 올리브유 15cc를 넣은 과즙 100%의 신선한 주스, 대두에서 채취한 레시틴 4작은술을 넣은 우유 200cc를 마신다고 하셨습니다. 또 점심에는 우유와 배아 쿠키 세 개에 당근, 거기에 올리브유를 마시고 저녁에는 밥도 드시지만 생선을 많이, 야채도 듬뿍, 컨디션에 맞춰 주 2회는 고기를 드신다고 하셨습니다. 고령까지 건강하게 지내는 사람 중에는 고기를 좋아하는 사람이 많은 것 같습니다.

제 에세이 교실에 오는 간호 전문가 한 분도 누가 담백한 음식만 갖다 주면 못마땅하다고 말했습니다.

'너, 나를 잘 모르는구나. 나는 장어나 비프스테이크가 더 먹고 싶다고.'

건강한 고령자는 고기를 좋아해서 건강한 걸까요, 건강하니까 고기를 좋아하는 걸까요……. 어쨌든 간에 고령자는 반드시 담백한 음식을 좋아할 거라는 생각은 일방적인 판단인 것입니다. 몇 살이니까 이런 음식을, 고령이니까 담백한 음식을 먹어야 한다고 정해둔다면 먹는 즐거움조차 사라져버릴 것입니다.

건강도 좋지만 가끔은 자신이 좋아하는 음식을 먹을 필요가 있습니다. 식욕, 곧 먹는 것은 최후에 남겨진 즐거움이니까요.

나이를 잊게 하는
순수한 마음

      매년 말, 하라주쿠에 있는 공연장에서 작은 행사가 열리고 있습니다. 한번은 미국의 소설가 트루먼 커포티의 원작으로 만든 〈크리스마스의 추억〉이라는 낭독 공연을 보았습니다. 커포티는 《티파니에서 아침을》 등의 작품으로 잘 알려진 작가입니다. 영화로 만들어진 화려한 작품 외에 《크리스마스의 추억》이라는 단편이 있는데, 그것을 바탕으로 두 시간가량 이야기와 음악이 흘러나왔습니다.

    100명 가까운 관객들 앞에서 곧바로 피아노가 연주되었고, 짧은 머리의 소년 모습을 한 배우가 낭독을 시작하였습니다. 이때 벚나무로 만든 아름다운 클라비코드(피아노의 전신이었던 악기)의 소리에 반한 저는 시 낭독과 클라비코드 연주를 가루이자와에서 몇 차례 개최하기도 하였습니다.

이야기는 회상 형식으로 시작되었습니다.

20년 전 11월이 끝나가는 어느 날, 주인공은 백발의 짧은 머리에 몸집이 작은 여성으로 60살을 넘긴 모습입니다. 그리고 이야기를 하는 사람인 나는 당시 일곱 살, 두 사람은 사촌 지간으로 둘도 없는 친구 사이입니다. 그녀 쉬크는 그를 버디라고 부릅니다. 두 사람은 함께 생활하고 있었습니다.

11월의 어느 아침, "후르츠케이크의 계절이 왔어!"라고 외친 후 쉬크는 비단으로 된 장미 코르사주가 달린 차양 넓은 모자를 쓰고 버디와 둘이 작은 수레를 끌고 과수원에 가서 이것저것 사고, 아메리칸 원주민이 운영하는 카바레에서 위스키도 삽니다. 그러고 나서 크이니라고 하는 개와 함께 크리스마스트리를 채집하기 위해 숲으로 나갑니다.

쉬크와 버디, 크이니는 크리스마스트리에 제일 어울리는 전나무를 찾아 집으로 가지고 와 함께 장식을 합니다. 그리고 마지막으로 두 사람은 여기저기에 줄 선물을 만듭니다.

버디에게 자전거를 사주고 싶어도 쉬크에게는 돈이 없기 때문에 매년 손수 만든 연을 교환하고서 그것을 크리스마스 날 하늘에 높이높이 날립니다. 그것이 두 사람의 연중행사인 것입니다. 그렇게 행복한 날들도 오래가지는 못합니다.

나, 즉 버디는 삼촌에 의해 쉬크와 떨어져 육군유년학교의 기숙사에 들어가야만 했습니다. 그 후 몇 년간 쉬크 혼자서 후르츠케이크를 만듭니다.

11월의 어느 날 아침, 나뭇잎도 떨어지고 새들도 사라지고 이제 "후르츠케이크의 계절이 왔어!"라고 외칠 수 없게 된 쉬크의 사망을 알리는 전보가 도착했습니다.

"그 전보는 나라고 하는 인간의 둘도 없는 일부를 베어놓고 그것을 실 끊어진 연처럼 하늘에 멀리 내던져버렸다."

버디의 어린 시절은 여기서 끝이 납니다. 두 사람의 관계는 모자 사이 같기도 하고, 연인 사이 같기도 하고, 크리스마스를 앞두고 비밀 제전을 완성시키는 동지 같기도 하였습니다. 하지만 어른들이 마음대로 갈라놓아 두 사람은 따로따로 떨어져야 했습니다. 우리는 이렇게 어른이 되어가는 것입니다.

이 이야기에 나오는 쉬크는 정말 사랑스럽게 자신의 인생을 거리낌 없이 보여주고 있습니다. 버디라고 하는 일곱 살 아이의 친한 친구이면서 연인 같은 존재와 함께 채워나간 충실한 나날들. 나이 차이 따윈 관계없이 더할 나위 없이 최고인 두 사람의 관계. 그리고 그것은 추억이 되었어도 결코 사라져 없어지는 것이 아닙니다.

사람과 사람 사이에 나이 같은 것은 상관이 없습니다. 그것을 세상이 억지로 떼어놓으려고 해도 추억을 가지고 있는 한 우리는 늙지 않는 것입니다.

공연이 끝날 무렵 여기저기서 훌쩍거리며 우는 소리가 들려왔습니다. 조용히 손수건으로 두 눈을 누르는 여성도 있었습니다. 저도 눈시울이 뜨거워졌습니다.

추억이 있는 한 우리는 언제까지나 젊음을 유지할 수 있습니다. 그리고 쉬크도, 버디도 연령 미상인 채로 해가 지나도 언제까지나 늙지 않을 것입니다.

연주와 낭독으로 두 시간 가까이 공연이 이어지는 동안 관객들은 미동도 하지 않고 그 이야기를 귀담아 들었습니다. 그리고 크리스마스이브 전에 이루어진 이 작은 행사를 우리에게 주는 선물로 받아들이고 아낌없는 박수를 보답으로 돌려주었습니다.

역자인 무라카미 하루키 씨가 말한 것처럼 순수한 소년 버디, 세상으로부터 동떨어진 동녀 같은 쉬크, 개 크이니까지 이 셋은 완벽하게 순수한 모습으로 그려졌습니다. 그런 천진한 마음을 언제까지나 계속 지니고 있는 것이야말로 나이에 얽매이지 않는 삶의 방식이라는 생각이 들었습니다.

나이를 먹는 것은 자유로워지는 것, 하나씩 얽매임에서 벗어나는 것이라고 생각하였습니다. 그것이 즐겁기도 하였습니다. 젊은 시절, 갑옷을 입고 있는 듯했던 저는 그것을 하나씩 벗고 몸도, 마음도 편안해지는 것이 기분 좋았습니다. 하지만 그것이 쉽지만은 않았습니다. 이런저런 제약이 압력을 가해왔기 때문입니다.

나이라고 하는 사회적 제약이 늘 따라다녔습니다. 75세부터는 후기 고령자로 분류한다든가, 부탁하지도 않았는데 보험증에 생년월일을 기입해준다든가…….

좀 가만히 놔둘 수는 없는 것일까요? 저의 의지와 상관없이 저를 자꾸 노인의 범주에 밀어 넣어버리는데, 저는 지금 가장 저답게 지내고 있으니까 축하 같은 것은 안 해줘도 괜찮습니다.

나이 든 사람 중에는 모두 나이 탓이라고 변명하는 사람도 많고, 병원에서 '노화에 따른 것'이라며 몸 상태가 안 좋은 것을 나이 탓으로 치부해버리는 경우도 많습니다. 그럴 리가 만무한데 말입니다.

나이를 먹는다는 것은 한층 '개성적'이 되는 것입니다. 뭐, 완고해지는 것도 나쁘지 않습니다. 또 모든 것이 줄어들게 됩니다. 돈도, 체력도, 주어진 시간도……. 그렇기 때문에 더욱더 싫어하는 것, 마음에 들지 않는 것, 구속하는 것, 다른 사람과 같은 것 등을 할 여유가 없습니다. 좀 더 자유롭게, 나답게 날개를 펼칩시다. 누구에게도 불평을 들을 것 없이.

저는 다른 사람에게 구속당하는 것을 제일 싫어합니다. 얼마 안 남은 저의 시간은 제가 알아서 잘 쓰도록 하겠습니다. 그러니까 부디 저의 즐거움을 빼앗지 말아주시기 바랍니다.

인간을 나이로 묶어두어서는 안 됩니다. 그 이상의 구속은 없습니다. 따라서 이 책에서 저는 '나이 따위, 잊어버리자'고 제안을 했던 것입니다.

무의식중에 우리를 가두어두려는 나이를 잊어버리고 자유로

워집시다. 나중에 나이를 알아야 할 필요가 생기면 그때 구청에 가서 물어보면 됩니다. 그러면 분명 제대로 답을 해줄 것입니다. 일부러 공공기관이나 어느 누군가가 앞장서서 고령자라고 단정 지어 말하기 전에 당당하게 말해봅시다.

"나이 따위, 이미 잊어버렸습니다."

그러면 기분이 정말 후련해질 것입니다.

나이 따위, 잊고 삽니다

1판 1쇄 인쇄 2020년 7월 2일
1판 1쇄 발행 2020년 7월 23일

지은이 시모주 아키코
옮긴이 권영선
펴낸이 여종욱

책임편집 권영선
디 자 인 쑨

펴낸곳 도서출판 이터
등 록 2016년 11월 8일 제2016-000148호
주 소 인천시 중구 은하수로229 영종 한신더휴 스카이파크
전 화 032-746-7213 **팩 스** 032-751-7214 **이메일** nuri7213@nate.com

한국어 판권 ⓒ 이터, 2020, Printed in Korea.

ISBN 979-11-89436-15-5 (03800)

이 도서의 국립중앙도서관 출판시도서목록(CIP)은 e-CIP 홈페이지
(http://www.nl.go.kr/cip.php)에서 이용하실 수 있습니다. (CIP제어번호:CIP2020026028)

값은 뒤표지에 있습니다.
잘못 만들어진 책은 구입처에서 교환해 드립니다.